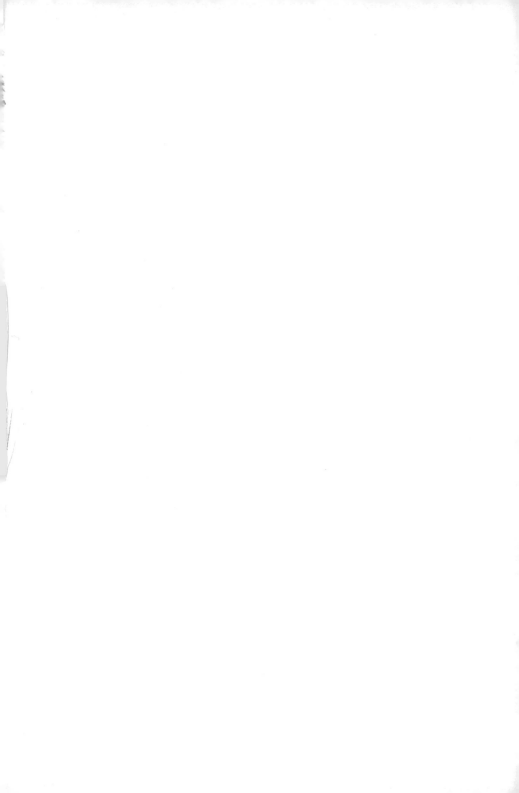

卡瑪與糾纏

Karma

六個人，造就一段泥足深陷的愛情

劉火火 著

博客思出版社

目錄 CONTENTS

自序

【自由，所以無懼】

多人都以為我是一個素人作者。其實，我自少年時期已筆耕，直到大概在2008年的時候，獲香港出版社青睞開始出版了小說。之後寫到2010年左右，共計有八本小說面世，但都沒有獲得很大的迴響，其中只有《微酸少女》獲較大的認同及留意。

作為作者，有誰不想在芸芸眾生中脫穎而出？知名度啦、可以當正當收入的稿費啦、粉絲應援團的數目啦等等……。但到底你的作品能否做到在世間產生迴響，這類宏願實在太偉大、太具野心、太靠上天給力了。還是不要太過在意的好，否則，心機太重，反倒是無法寫出好作品。

有得寫，就寫下去吧。有一呼一吸，仍能活在當下，就享受此刻的自由自在——至少心靈上的游刃有餘。作家最基本的寫作條件就是毋須對自己的作品內容作自我審查。以前大家都說這些是基本，但現在這種基本往往變成擔憂。Why？恐懼的就是恐懼本身(Franklin Roosevelt名句)！還要我解釋？你懂的！

記得希臘哲人歐里庇得斯(Euripides)講過：No one is truly free, they are a slave to wealth, fortune, the law, or other people restraining them from acting according to their will.” 意思大概是沒有人可以徹底地自由。人總是囿於財富、地位及別人(包括權貴的)認同之類，大底無人能回到最初的自己。《KARMA與糾纏》中的角兒們其實與世上的你和我並無二致，看似各有身份各有天命，但其實生命中都充斥著各種有形和無形的枷鎖。

可幸的是，故事中三段故事的「六位」主角都沒有發生「君生我未生，我生君已老」的無奈。如果明明有緣的人，大半生都只能擦肩而過，緣慳一面，那做人實在太悲涼了。在惶恐的底下，剩下了與某個人之間的藕斷絲連，這種絕對的浪漫，就完完全全毋須在意別人的眼光。

肯看我小說的人，都應該是聰明的人。或者，您最終會情不自已地代入了故事中的某個角色來觀照自己的人生。

劉火火

第一章　天啟七年（1627年）
杭州西湖九溪煙樹

獨白：素蘭

（一）

風雪一直從早上下到傍晚，白茫茫的一遍。爺爺、我，還有小柔一起住的草廬布滿了雪。風雪雖如常的大，卻是第一次如斯的厚重。厚厚地覆蓋了我們卑微的草屋。

這天，我像平日一樣跟祖父在大清早便外出採藥。傍晚回到草廬，卻被小柔淒然的叫聲嚇傻了眼！當我們快步走回草屋的時候，他驚魂未定，我們循著他所指的方向望過去，發現有一個穿黑衣的人躺在離家門約十里以外的草叢。

爺爺起初叫我不要過去。但我跟他說不怕，便壯著膽子跟他走過去看。那景像實在太恐怖了。男子躺在血泊中，血路延綿十數里，雪地被染成了無窮無盡的殷紅。他仍有知覺。憑肉眼已可判斷他右手的傷深可見骨。也應該只有爺爺才可救他。

「他身上有多處刀傷，但仍有呼吸。」爺爺細心地探示這快昏厥了的男子。不過，這男人對我們有所抗拒，起初不想讓我們碰他，還想站起來。極度虛弱的他先盯著祖父，後盯著我。他全身重創，憤怒的目光卻滲透了茫然。如此複雜又矛盾的眼神，我從來都沒有見過。我不由自主地說：「我們來救你的，你不用怕，跟我們回去，你不要逃，讓我們來照顧你。」

爺爺以前是朝延裡的瘍醫。一年前，他還義務替一群頑抗錦衣衛的俠士療傷。傍晚，他忘卻一天的辛勞，為的是要趕緊調配家傳秘方的刀傷藥「白鶴丹」準備讓年輕人服用。

正所謂止得一分血，保得一分命。為分擔爺爺的工作，顧不得男女授受不親的禁忌，我用桃花散涼敷在男子各處的傷口替其止血。他身上共有二十七處深淺不一的刀傷。半昏迷的他，被我在他的傷口上塗抹藥物時弄痛了，因而痛極慘叫，把站在旁邊替他抹汗的小柔嚇壞了。

經兩天的觀察，我對這受重傷的男人多了幾分了解。他很年輕，只二十出頭。一雙耳朵長得很大，左耳背還有清晰可見的痣。退去黑色頭巾，是光頭的，頭頂上有戒疤，不問而知應是僧人。是一位受重傷、性命垂危的僧人。

「他應該是一個刺客。蘭兒，謹記，行醫者只管治好別人的病，其它的甭管！」

祖父的叮囑也可能因為他看到我對男子過份的注視。除了祖父，基於禮教，就算出門跟他在城裡行醫，我必須女扮男裝。祖父小時候強迫我熟讀《周易》、《禮記》、《春秋》、《孟子》和《女戒》，但見我對醫學經典《神農本草經》更感興趣。他說如果我再過兩年還是不能嫁出去，乾脆繼承他的衣缽懸壺濟世。

再過了整整五天，男子不再沉沉睡去。他醒來了，卻因傷勢甚重，仍是不能隨便下床走動。我從房外觀察他，總覺得他一臉憂鬱，似有萬般心事。他本來早在鬼門關徘徊，如今撿回一命，為什麼還是愁眉深鎖？

他吸引著我的目光，我好想多了解他，又要避嫌的話，最好的方法就是打扮成一個男子的模樣。就算他將來離開，都不用知道就好了。

「你在想些什麼？」大清早，我把一盆清水端來。這也是我唯一可接觸他的機會。

起初，這男人總是不肯言語。我只知道爺爺進去慰問過，他會點頭微笑。這天，我關切地問他的情況，他只低著頭，甚至別個臉，嘴吧一句話也沒吐出來。我仍然體諒他。他可能害羞，他可能木訥寡言，還是，我的男生扮相實在太遜了？被他識破了？

「這盆清水是讓你洗洗臉。我知道您還是很累很虛弱，如果需要幫忙，請您從房間大喊就行了。家裡人丁單薄，有時我跟祖父外出工作，家裡就只有一個聾啞小姑娘在打掃！」

我見他只在默默聆聽，還是轉身走了。我踏出房門時隱約聽到他在我背後說：「謝謝。」，才確定這長得眉清目秀的武僧原不是個啞吧。

＊＊＊

「這孩子原本是想刺殺魏忠賢，但當然失敗了還身負重傷。」爺爺在晚飯的時候說。

魏忠賢這全國為之痛恨的權閹，人人得而誅之。這年輕的武僧也算是走運了，竟然逃到這人煙稀少的村落，還遇上了爺爺。他算是跟我們有點緣份？他叫什麼名字？

他的身體虛弱，臉色蒼白。我用肉桂、黃精、當歸、石斛、苦瓜再加入平常也捨不得吃的羊肉熬了一碗湯給他。但我隱瞞了羊肉這材料。我一心只想他好，也顧不得這麼多。

我親自把湯端給他。心裡面只有一個願望，就是想他早點恢復體力，臉色變回紅潤。

這次我沒有刻意再多逗留，只叮嚀他：「公子，請喝湯。這湯能令你體力快點恢復。」

他卻在我身後說：「小弟兄，請你以後不要叫我公子。」

「那你叫什麼名字？」

「在下法號『覺源』。」

「覺源大師，這湯熬了一個半時辰，每天喝一次，你的體力就會很快恢復。」

「我不是大師，只是個略懂武術的出家之人。你以後還是可以直接叫我覺源就行了。另外，我感謝你這幾天以來的照顧。」

覺源終於正視我的存在。他的眼神堅定，雙眼透出傲然之氣。他這一說，我覺得臉蛋灼熱。他雖然木訥，但簡簡單單的幾句話，已足夠顯示他的氣魄。覺源雖是出家之人，卻沒有忘卻世俗之事，甚至挺身而出，反抗歪風世道。可惜，如此英雄豪傑，受到傷害卻只能孤獨地承受痛楚，沒有可依靠的人為他分擔。

＊＊＊

之後的日子，我一大清早就有了個目標，那就是為了他熬湯。祖父曾著我就算穿起了男子的衣飾，也不要隨便親近另一個男人。我唯有著年紀輕輕的小柔替我端湯。有一天，他走出我們的草廬，在我們家門旁的小徑散步。他回過頭來覷到了我跟小柔在偷看他，他流露的並不是尷尬，也不是靦腆，而是一臉的桀驁不馴。我知道這般出色的男子，必有一天會離開這寒酸的草廬。

夜晚，他開始跟祖父多了談話。我不便進去，但總在做家務的時候按耐不住好奇心朝他的房間看過去。只見他跟爺爺談得時而哀傷，時而激動。不消說，他們在談論國家大事。我身處的是一個怎樣的時代？

昏庸的皇帝寵信乳娘客氏，客氏又與權閹魏忠賢朋比為奸，大舉殺害東林黨的忠良。腐敗的朝政下，全國貪官搜括民脂民膏，處處民不聊生，處處路有凍死骨。真正的統治者並非年僅二十歲只愛做木工的皇上，而是被稱為九千九百歲的魏忠賢。

但是，苦難的日子縱使已是忍無可忍，魏忠賢的勢力實在太大。除西廠外，本聽命於皇上的東廠連同錦衣衛也聽命於他。全國各地散布他的爪牙、密探。單憑覺源及其他各地俠士的零星反抗，豈可推翻現狀？

＊＊＊

轉眼他已留在我們家十七天。他曾堅持告別，爺爺央求他多留一段時間。覺源經不起爺爺的好意，決定留下來養傷。

「覺源大哥，你的氣色好很多！你紅潤的臉把這一天都照亮了，一定是湯水的關係。」

覺源流露了笑意。他終於拋開了苦惱，為我流露了靦腆的笑意。

「徐小弟，謝謝你。」

進來把洗臉水端過來的小柔覷到我在覺源房內說得手舞足蹈，瞟了我一眼。幸好他天生是啞吧，否則，他一定取笑我，說不定還跟爺爺告狀。

「不過呢……」

「不過什麼？」我見他表情略有猶豫，內心有點緊張。

「湯——內——有——肉。」他發現了。我怕死了他銳利的目光。

「很對不起！我只想你身體好起來……」

「所以你就隱瞞了有肉嗎？其實我也是喝了七天才發現你一直有放肉進湯裡，之後，為了哄你開心，我每一天都假裝喝。小弟，請原諒我。你要勉強我，就等於讓我覺得無比的難過。我是不能吃葷的。」

「覺源大哥，那你不喝的湯都……？」

覺源微微一笑，指向我身後的那個人。我轉身一看，站在背後的原來是小柔。她此刻表情尷尬，還不自覺地搓揉雙手。我知道了答案。

「大哥，能不能在這休養的時期例外？」

他微笑說：「這段日子我服用了『白鶴丹』，身體已漸漸地康服。我聽說過徐世伯的刀傷藥早在戚繼光大將軍擊退倭寇的時候就用上。能夠服用，已是滿心感激。我豈可為了保住小命還要殺生？」

「行了、行了，夠了！覺源大哥！我都聽明白了！」

「哈、哈、哈、哈。」他竟然發出爽朗又豪邁的笑聲。我不自覺地把原本蓋著耳朵的手垂下來，想聽清楚這難得的好聲音。

他笑完了竟說：「你這小孩真可愛！」

可惡的覺源原來把我當成了小孩子？我一臉嚴肅告訴他：「我會換上全素的養生

湯，所以你不要擔心。祖父教我行醫以『食療為先、藥療為後』。」

俊美的他一臉微笑：「我就等著徐小弟的看家本領！」

＊＊＊

相處的日子漸久，覺源不再抗拒告訴我種種有關他的。

「你從哪裡來？」

「我是嵩山少林寺的武僧。十四歲出家。因為家貧所以被送到了少林寺當小和尚。」

覺源說他跟其他永遠沒吃飽的孩子一樣，在幼小的年紀便要面對生活的壓迫。

「農村裡的男孩，要不由父親忍心閹割，再想盡辦法把兒子送進宮裡做太監……」

「要不，像我一樣削髮為僧。我的家太窮了，連把送兒子送進宮裡的路費也缺。」

「對不起，我令你想起了以前。」

他突然一問：「你呢？」他竟然反問我了。

（二）

「什麼？」

「我問你，小兄弟。你祖父跟你和那位小妹妹住在一起……那……你的雙親呢？」

打從我出生到現在，從來都沒有人會主動問起我的身世。我悲從中來，憋不住了，淚水在眼中打轉。我於是背著他，不讓他看到。但他還是看到了：「對不起，徐小弟。」

「你都很想知道嗎？」

覺源沒再說話，只安靜地盯著我。他真是一個木訥的男子！

「我父母親早亡。要不，我應該在侍奉他們。」

「我的父母親也在我小時候雙亡。」

「我看到你跟爺爺總是有說不完的話。」

「其實你爺爺跟我談得不是很多。他主要還是跟我談我的身體狀況，也談到了國家的事。你都可以告訴我有關你跟徐前輩的事嗎？」

「我們都只不過是普通的人家⋯」

「你們怎會是普通人？徐老先生的醫術那麼高明。他身上流露的氣度，教晚輩仰慕不已。」

「覺源大哥，我們談得太久了。你需要休息。」

「我不累。我在這裡打擾太久了。可以讓我做些家務分擔一下嗎？」

「不用，真的不用。爺爺會用罵的。」

「你們三個人為什麼要住在這一片深山之間？」覺源今天變得不太一樣了。問得沒完沒了，他似乎不想我離開。

「世道不好，就是我們隱居山林的理由。」我只告訴他局部的真相！

「覺源真的很幸運，能夠得到徐前輩和徐小弟無微不至的照顧。」

「遇上你，才是我的榮幸。」

我這麼一說，使覺源有點不知所措。我們四目交投。大家都不知道要續說些什麼好。

「對不起……」他突然地又小聲地吐出了這句重複又多餘的話。遇上他，是注定的。還用說什麼感謝的客套話？

「覺源大哥，也請你不要再說感謝。能照顧你，是爺爺跟我的光榮。」

之後，我趕緊地頭也不回步出了他簡陋的房間。縱使這房間簡樸，已是我們家裡最好的。我不能不走出去。因為我忽然呼吸急速，是一種奇怪的「力」，在我們之間徘徊。

難道覺源也感應到嗎？我非常後悔曾不自覺地說了「遇上你」這三個字。

我知道這是因為從小至今，我未能跟任何男子有詳談的機會。而覺源頭上又長了點頭髮，令我更加覺得他不像個僧人。他的眼神充滿光芒，跟他說話的人會心如撞鹿。他可知道嗎？

＊＊＊

我幫他設計了一款素食的養生湯。這款湯，內裡必須放入人參。我著小柔替我把藥湯端給他。不過，覺源總是比我們還早起來。有天寅時，小柔進去為他端水端湯的時候，他已離開房間。

起初我很緊張，以為他不辭而別。於是走到山林間去尋找他的蹤影。一路重巒疊嶂、老樹交柯，愈往前走內心愈是茫然。縱使山林間隱約傳來流水潺潺之聲，但流水時緩時急，頗能道盡我一直矛盾的心情。相見爭如不見？這段延綿百里神秘的彎曲之路，我從小到大幾乎每天穿梭行走，就算閉起雙眼我也不會迷路。前方再也看不到他的身影，我突然急停步，放棄了。

但就在折返的時候驀地見他打坐於山谷的溪澗處，他正在冥想。不管流水打在他的臉上、身上。我鬆一口氣，原以為經已別離，卻仍是近在咫尺。本想回家，卻按耐不住好奇心，躲在草叢後偷看他，欣賞他緊閉雙眼時的側臉。

＊＊＊

縱使覺源的傷勢並沒有全好，但他在起床後幫我們把溪澗的水挑回來，也幫我們砍柴木。爺爺反對，著他多休息，但覺源堅持替我們操持粗重功夫。平時這些事會由我和小柔輪流做，但兩個女孩的力氣加起來也不及仍在養傷的他。不消半個時辰，覺源便把我們平時要做兩個時辰的雜務一一做完。

木訥的覺源逐漸被我們軟化，不再躲在房間打坐，會樂意跟我們一起吃飯，一起聊天。飯桌上，我們像家人一起吃飯。在他臉上，笑意逐漸取代了初遇時的一臉冰霜。

覺源對我們幹粗活的方法看不過眼。他糾正我們砍柴的方法。他還會讓我們學習他用最短的時間挑水的技巧。

「是什麼技巧呢？」

他說：「叫青蛙蹦蹦跳。秘訣是先像青蛙蹲下，鼓起鰓閉氣，雙腳用力站起來，把肩上的東西扛上來，再大叫一聲，最後向前衝！」

只見他半蹲下來用兩手快速地把水桶注滿溪水，裝出閉氣的樣子。他把沉甸甸的木桶用雙肩扛上，發出「呀！」一聲，疾步朝向前方跑去。但奇妙的是，縱使他走得快，桶裡的溪水沒因為他的步伐被濺出來，木桶裡裝得滿滿的水也是一滴沒濺。

直到這時，再愚笨的人都知道被整了。因為這當中沒有所謂「先半蹲下然後閉氣」的道理。技巧只是有力氣及有平衡力就可以了。況且，覺源武功高強，自然懂得運氣。他教我們閉氣其實只是說說笑，他以為我們聽得認真，我和小柔卻在後面瞪著他。果然，扛著水的他轉身過來看到我們的表情時放聲大笑。

一向嚴肅的覺源竟跟我們開玩笑，我們看不習慣了，但我喜歡他放輕鬆的樣子。他開朗的臉容令人忘不了。

＊＊＊

我們跟著他一齊坐在山谷下冥想，但跟他一起的話內心根本難以平靜。我經常半睜開眼偷看他。他愈是緊閉雙眼，愈是陷於冥想中的清涼世界。因此，對坐在對面、流露灼熱目光的人自會變得沒有感應……

這段日子，是我活了十七個年頭最愜意的歲月。

我也明白到，在短促的生命裡，覺源和我也不過是過客。這世上，只剩下幻變與無常是我們經歷又被迫要去接受的果。我常常在想，今天彼此發過的笑聲，在陽光底下彼此流露過的笑意，我曖昧的問候，他關愛的眼神，兩人並肩而行的談話……仍否到最終可變成記憶，然後鑄成磨滅不了的意志？

＊＊＊

「我曾經以以為我的右臂已斷掉，今天它卻可以靈活地替我砍柴。」

覺源站在我的背後跟我說的開場白。但我明明站在出谷下，面向溪澗流動的水發呆。我們明明原是相距幾里以外。他是故意走下來跟我說話的。

「我知道。」我回頭看他，他原來已經把包裹傷口的布條退去，還向我展示受過重創的右臂。在上面，有了一條看起來很深很粗很長的瘀紅色疤痕。四十七天前，它還是一條深達兩吋並向外呈剝開狀的鮮紅色的裂縫……

我心痛起來：「覺源大哥，康復的日子尚淺，我待會替你重新包紮吧。」

「對不起，要你一直擔心我。」

「你當時右前臂的傷勢的確很嚴重。而你其它的刀傷更遍布全身，我記得共有二十多處。」

「當時替我治療傷口的人，原是你。」

「你認得我？」

「我當時痛極了，根本迷迷糊糊，只聽到你的聲音。」

「原來你對我有印象。」

他凝望我，使我不知所措。我轉身再看著前方急速地流動的溪水。

他續問：「小柔是不是你的妹妹？」

「不。他是我們以前家僕的孫女，天生聾啞。」

「你有沒有姊姊或妹妹？」

「沒有。為何有此一問？」

「我夢裡常看到了一個女人，她躺在帳篷內的病榻上，在看著……還是算了吧！

反正是奇怪的夢。」

「大哥，你很怕女人？」

他臉上流露了靦腆：「怎會呢？」

他盯著我說得吞吞吐吐。我唯有轉話題：「有沒有飲用湯水？」

「有！我正想跟你說，湯水味道清甜，直達脾胃時，感覺無比滋潤無比舒暢。它是什麼？」

「沒什麼，全是蔬菜及藥材。我用了紅景天、刺五加、黃耆、麥門冬、何首烏金線蓮、五味子、枸杞和紅棗等等。最適合讓病後傷後的人飲用，可增強體力、補給營養。因此，請大哥多飲用。食療比藥療更有效用，更滋潤身體。」

我把最重要也是最珍重的材料給隱瞞。那就是高麗人參，它難找也是千金難求。我曾經費了多番唇舌才得到爺爺的首肯變賣了家中值錢的玉佩才可以購得。他雖然很贊成湯水的材料，不過，他對我的質疑也是日益加深，但我不害怕。反正愛慕已成，我光明磊落，我無愧於心。他，是值得的。

我是背著覺源說話的。我也知道覺源一直站在我背後仔細聆聽。遠處的流水變得細水長流般，很安靜，很緩慢。

他問：「你近日變得很憂愁，沒以前的開朗，也不多……跟我交談。」

我回頭看著他：「沒有。你身體愈來愈好，我只會愈來愈開心……」

他臉上的表情霎時間變複雜，還有點欲語還休。我知道他在想些什麼。他應該有更艱鉅的挑戰在等著他。這裡，只是他暫借的休養生息的空間。

他對著爺爺總是暢談國家大事。對著我，卻選擇保持沉默。為什麼？

「徐小弟，可否告訴我你的事多一點？」

「為什麼你一定要知道？」

「我們是朋友。不是嗎？我很關心你……跟你的家人。」

「你關心我？」

「我關心你們。」

「我們許家世代為御醫。祖父的先祖為宋朝的太醫局提舉。祖父年輕時曾是太醫院的八品御醫。我的父親考上了太醫院之後，因說話直率，得罪了魏忠賢的朋黨被問斬。祖父因年邁被免一死可惜同被罷免。他想把我帶離皇宮，幸得吏部尚書大人趙南星的暗中保護，我們得以安全逃離。祖父決意在九溪煙樹落腳，並從此隱姓埋名。爺爺帶我走的時候我只有兩歲。」

「你父親是許荀？」

我沒有回答他，也不想回答。全國都知道被政治迫害的許荀也就是我的父親，我是許家的遺孤，為了生存我必須隱姓埋名。

溪水又回復了急流的狀態，我有了很好的籍口回望前方。溪水發怒了。我難堪得像被山谷中隱身的精靈怒目而視，怪我內心沒法中止對神聖的他那一點點的遐想。

「原來你是許家的遺孤，很對不起，真的很對不起！許家的故事是一樁冤案中的冤案，天下人皆知！」他長歎了一口氣。

「我跟你一樣，父母早雙亡。母親在我出世的時候便死去。他為了成全我的生命，捨棄了自己的生命。可惜，我的出世似乎只能帶給父母厄運。」

「你雖命運多舛，但你可多看佛經，有助放開心懷。佛陀的眼下，人人平等，每一個眾生都是未來的諸佛。」

「我會的。也請大哥你放心，我跟爺爺在這裡生活雖清苦卻內心寧靜。」

我跟他是萍水相逢，也只能萍水相逢。為什麼對他產生了「某些」不必要也不可能的期盼？人生，真是充滿了莫名的悲哀。

覺源一路安靜地聆聽我的故事，從不質疑也不作過份的安慰。我喜歡看著他望向遠方的側臉。高傲的他是我們的守護之神。可惜，他只願擔當聆聽者，從不肯說說自己的故事。例如，他為什麼曾經遍體鱗傷？他下一個地方將往哪兒？他有沒有更艱苦的任務？他都不肯告訴我，只肯跟爺爺分享。

「小弟，我突然間很想知道你小時候長怎麼樣？你小時候，必定很可愛，很聰明，又很頑皮。」

「爺爺說，我一歲時他為我安排了抓週。他在我面前，放了不少東西。毛筆紙墨，女紅針黹，一本書籍，一枝被摘下來的楊柳枝和一些紅粧、鏡子、蹴鞠。你猜我挑什麼東西？」

「蹴鞠吧？」他微笑地反問。

「不。我在那堆東西裡選了一本書，是《神農本草經》。」

「那你身上的醫術想必也是爺爺悉心的栽培。希望你年長後，像他一樣，以自己的醫術醫德救國救民。」

「覺源大哥，那你呢？」

他不回話了，只繼續望向遠方，是我看不見的遠方。

「會否回去少林寺？還是到處飄泊？」

也許被我提到的「飄泊」兩個字受到了觸動，他的臉上流露了哀愁，目光中也夾雜著悲憤。年輕的他，未能完全擺脫世俗煩憂。他背後、他心底，一定有很多仍然沒法放下的仇與恨。

「不殺魏忠賢，勢不回去。」他這宏願，令我心痛。跟他短短只一個多月的相處，我內心已種下了對這個人的感情。我不想他再受到傷害。

「小弟兄，這是送你的。」覺源給我遞上一小包種子：「這是來自天竺的茉莉花種子。你將來可以為我栽種嗎？茉莉花盛放於夏天，在晚秋之前也不會凋謝。一枝茉莉花就能使一室香氣瀰漫。種子更可以漫山開遍。」

「覺源大哥，我們可否一起……栽種？」

茉莉花之約似是別離的序曲，我內心不覺得絲毫的安慰，只感到惶恐。

覺源左顧右忌而言他：「你知道茉莉花還可入藥嗎？」

「我當然知道。它花瓣雖小，卻偉大而優雅。根能理氣活血、安神鎮痛。花能開鬱、辟穢。葉能消腫解毒。」

我說完後，覺源微微笑點點頭，眼裡似有不捨。「將來」為他栽種花兒？但茉莉花的盛放只意味著他的辭別。為什麼別離的種子要在我的手心裡？他迴避他的感覺，卻要給我痛苦的暗示。

「覺源……」我呼喚他的名字，使他回頭看著我。

我剛才是以一個女性的身份呼喚他，他伸手整理我垂下的亂髮：「我經常有個怪夢，有一個女子躺在有帳幕的床上，哀求我要永遠記住她。這夢，存在我的心坎裡長達七年了。我今年二十一歲。這一生，除了佛門師兄弟，從不認識任何女子。」

覺源不再凝望我，低下頭，略略嘆氣，然後想轉身走。我竟捉緊他的手。他有點愕然，既讓自己的右手被我輕輕地抓住，也不忍不回望我。我們凝視著對方，但到底彼此之間又能明白對方的苦衷多少？

過了半天，他的意志終於被對佛的忠誠征服。他終於輕輕的甩開了我的手，頭也不回離開了山谷。被甩開的我感到無比的失望。我這樣的安慰自己：如果他曾經為我心動，這已經足夠。他甚至曾經在夢裡見過一個女子，長達七年。言語間，他暗示這夢是我跟他相知相遇的預告。

我說過，我們的相遇是注定的。我記得，第一次相見，他躺在血紅色的雪上。這真是多恐怖又悲哀的邂逅。受重創的時候，他盯著我的目光曾經如此的茫然又悲憤……

（三）

「相遇，原為別離。旁人何需太緊張？」

「你跟他在山谷的舉動我看到了。」爺爺告訴我：「你們果然產生了感情。」

「不關他的事。」

「這怎會不關他的事？你們是互相吸引。這在你為他止血的時候，我已經感受到。怪只怪我太心軟……」

爺爺的話，使我震驚得無法言語。我頹然跌坐在地上。

「你這樣做、這樣付出，我能不心痛嗎？你明知這是不可能的！」

「對，我知道我們是不可能的。因為，他遲早會走。」我說的心痛。

相遇，原為別離。旁人何需太緊張？

爺爺安靜了。但他的目光，曾使我渾身顫抖。我雖然怕，卻沒想過要隱瞞。是那個他給予我的力量。他是我內心的一道光。他使我坦然面對自己的的感覺。

「覺源被魏閹派遣的錦衣衛一直由嵩山追殺。」

「為什麼？」

「他沒有告訴你？」

「沒、有。」

「離別我們之後，他面對的，將會是更激烈更血腥的殺戮。魏忠賢及西廠對少林寺武僧的追捕向來絕不手軟。」

我不能再強忍淚水：「他很快會離開？」

「他說過不能久留，因為怕連累我們。要是他知道我們的身世，甚至可能立即離開。」

我深信覺源問我的家世，不純粹是祖父所說的理由，而是那浪漫的夢。只有我們兩個人知道便足夠了。

「覺源被追捕的原因也是因為他身負重任，要保護東林黨於南方的勢力。」

我終於明白了覺源的苦衷，但他始終沒有向我明言，這使我失望。是他親口跟我說：「我們不是朋友嗎？」。但他為什麼都只對爺爺說，卻不肯跟我透露半點？

「東林黨在京城裡的勢力，已被閹黨消滅。現在，唯有靠京城外各處的勢力秘密連結，等將來昏君一死，東林黨必有難以想像的反撲力量。」

「為何覺源要淪為兩黨之爭的工具？」

「每個人都有自己的使命。明知不可為而為之，是覺源的命。」

我說：「命運！這是儒者最相信的。但為什麼我們不可扭轉命運？我沒法想像他以後的命運。而我更加沒法改變他的意志……這是什麼道理？」

祖父沒有回答我愚蠢的問題。在他眼中，我是一個多麼不長進甚至陷於瘋狂的孩子。

為什麼我們要生於這年代？為什麼我們要遇上？他在夢裡看到的人是我，還是，我們根本是在夢裡？我們兩個根本是那躺於病榻裡女人的夢中人物？

＊＊＊

秋天沒有完全過去，天空竟降下隆隆大雪。山谷與溪水早已結冰，使我沒法逗留。雨雪紛飛的日子，我逕自走到一片雪地之間。前方一望無際。曾經有某個人蹣跚走來卻也留下血路。他由一位陌生人，變成了內心的唯一。此刻，我獨留在此，抬頭看著雨雪飄落，正好打在我的臉上唇上。閉著眼，靜聽暴烈的風雪淒然的吼聲。內心了無畏懼，卻只有淚水由內心湧出。

未幾，我竟感應他在身後。我不敢回頭看。嘆了口氣，想離開，但偏偏前方沒有盡頭，我只能後退。覺源，為什麼在你的面前，我沒法後退？我要走到哪裡才能避過你憐憫的目光？

「你不用避開我。」他說。

「我沒有，你也不用擔心我，反正你都不在乎我的感受。你輕視我，只當我是小弟兄。我沒法在你的心坎中佔一席位。你走吧，去幹你的大事業。你身上流著的，是叛逆的血。那管我曾經多麼心疼你身上的傷勢。」

「但願我跟你同是那臥病女子夢裡的人物。」

我詫異萬分，沒法言語。為什麼他知道我曾經想過的？

「原諒我沒法跟你坦白我的事。我寧願跟許世伯說，也不想跟你吐露半點。因為我不用在乎他的感受！希望你能明白我。」

我回頭看。覺源身上沒穿上大衣，但他沒哆嗦，沒顫抖，他根本不畏嚴寒。只是，他的眉宇間有一抹濃得化不開的憂鬱。我感謝他，在這瞬間，他眼裡只有我。他關切的目光，將成為我心底裡的烙印，永遠也不會忘掉。

他唸著：「一卉能熏一室香，炎天猶覺玉肌涼。野人不敢煩天女，自折瓊枝置枕旁。」

我說：「這是劉克莊的詩。」

他說：「這是我內心的你。」半晌，他從口袋裡再拿出了一樣小東西：「這是用茉莉花造的，答應我，把它簪在髮髻上。把它簪在髮上等於跟我一起，內心會充滿力量……」

「為什麼不肯留下來？」

「我不能留下。」

「我求你、我求你留下來。其實我……」

覺源把手一揮，示意我不要再說下去。但我偏要哀求：「為什麼我不可以改變你的心志？」

他堅持不說話，只抿著嘴唇。

「這髮簪我不會收下，因為這是別離的禮物。」

他伸手替我抹去淚水：「我內心很溫暖，像你的淚。我感謝你為我付出的。但請你不要再為我流淚。我心裡面只期待涅槃。死亡，只是肉體的凋謝。」

「覺源，我沒法理解涅槃的境界。我只在乎現世的。茉莉花是愛情之花，他表達堅貞的愛。是你送給我的。是你給我的暗示。」

「我走之後，是不可能再回來的了。而且，我必須要走，我不能留下。我們的相遇只是漫漫人生中的一剎那。請不要為我流淚。」

「那一剎將等於我的一生。」

「這又何苦？」

「你有沒有為我心動過？」

他想了許久、許久，他沒法回答我，最後，他只管擁抱著我，輕聲的在我的耳邊說：「原諒我，我有未完的事要辦，我不能接受……」

沒法待他講完，我吻著他的嘴巴。他沒有推開我，他雙手托著我的臉，讓我們的心更接近。吻，就是愛一個人最直接的表現。一個武僧，一個孤兒，由邂逅至今，各自的內心彼此牽引。我們的愛情可能早已經存在。但他從哪時候已經發生了、已經存在了？

我們在漫天風雪之下並沒有意思要停止纏綿的吻。

「你沒有為我心動過？」

「我……是有的。」

這吻，也是吻別。既甜美也苦澀。最後，他吻著我的額頭。良久，我們都沒法放開對方。我們的愛情何其短促，卻有著永恒的本質。哪管是何年何月發生，他都不會結束。

「覺源，我知道，在某一天，你會回來。」

他聽著，沒回答。這意味，他猶豫了，更有點相信。我知道，這是我們彼此間的意志。

「答應我，你要快樂地活下去。」

「覺源，來世無論是男是女，我都要再跟你遇上。」

他溫柔地說：「如果我難免再經歷輪迴再生，我答應你，我無論變成什麼都會依戀你。」

「如果你還是決定了要離開，便請你一直向前走，不要再回頭看。你永在我的內心，一直都存在，此生唯一所愛。」

覺源再深深吻著我的唇。良久，才放開我。我緊閉雙眼，把最美好的留在心坎裡。大概過了很久很久，我還是不願睜開雙眼，但人虛脫了，跪到雪地上。也許發生了聲音使覺源回望，他飛奔回來。我們緊緊的相擁。他憋不住了，在我的耳邊放聲大哭，我依然強忍著不讓淚水留下來。我在他耳邊說：「來世再遇。說好的。」

「這一生中，只有你在我心裡。」

覺源把一直戴在他身上的佛珠塞進我的手心裡。凝望了半晌，他霍地站起來，不再回頭。他終於放開了我，在雪地上長揚而去。我知道，這是訣別。我緊握著佛珠：「來生再遇！說好的！」

第二章　1930年·北平

獨白：海葵

（一）怪夢

我在南京秦淮區出生。雖然是女孩，但祖父仍視我如長子，以教育兒子的方式養育我。祖父是文學家，父親是工務局工程師，他們都是社會有名望的人。我們海氏是大家族，家人連同傭人在內有超過一百口。

我的個性很男子氣。除了先天，我相信更大程度上該歸功於我那位很特別的祖父。在我年幼的時候，祖父已向公眾提倡廢除女子纏足的惡習。作為他的長孫女，我明正言順不用纏足，還穿男裝，與弟弟們一起玩耍，四處搗蛋。

直至十多歲，我開始思考自己的未來。曾經有段時間，還沒有接觸到愛情的滋味，以為一世都不用結婚，不用步祖母和媽媽盲婚啞嫁的後塵。可惜那時候我才知道自己早在出世前已被祖母安排指腹為婚。我曾花了很長的時間跟家人抗爭，要求擺脫這門婚姻。父母非常堅持他們的決定，半步不讓。我是被祖父寵慣了的孩子，到最後，我鼓起勇氣離家出走，但背後是得到了祖父的默許。

我敢於離家，是因為我知道我考入了上海中西女塾。我本來進不得，慶幸祖父是基督徒，在他作保下再憑面試我才能考進去。它是名校也可以讓我入住寄宿，這正合我現時欲求的出路。學費方面，我得到了祖父的暗中資助，使我可以過著離開了家庭但其實也不用真正跟家人切斷的新生活。

在校寄宿，學生要服從院舍嚴謹的作息要求。隨著生活變得更有規律，我養成了早睡的習慣。但我的夢卻比以前更多，也更怪異。

聽老師說，奧地利近期有一位新崛起的心理學家佛洛依德，出版了一本書叫《夢的解釋》。他說有樣東西叫「潛意識」，是人的本能衝動，會趁我們入睡時以偽裝的形式騙過鬆懈了的心理檢查機制，然後在夢裡為所欲為，構成夢境。

而我的夢又是什麼？其中一個印象最深刻的夢：我身處一間幽暗又偌大的書房，兩邊都擺滿了由牆上引申出來、用木造的書架。我會好奇地探索成百上千的書架上到底擺放了什麼。有些地方放上了書，有些放滿了典雅的盒子，有些什麼都沒有。

這幽異又寂靜的環境，我在夢裡不覺得害怕。我覺得我應該是一個很高很高的人，因為我眼底下已是書架的最高點。同時間，我往往是不自覺地被一些力量牽引著，然後不斷向前走，向前走，向前走。

我總會走了很多很長很迂迴曲折的通道。還會看清楚每一個書架上的東西。直至我看到了其中一個架上放了一隻折斷了一半的梳子。

再之後，我走到大書房的門口。手中竟又握有那隻不完整的梳子。門口的外頭是樓梯。到我決定向上走的時候，上一層竟又變成漆黑陰冷的引水道。我循著光源向前進，但旁邊都是吱吱啞啞若隱若現的怪聲……我開始害怕，直至我看到一個小孩，他竟然低頭蹲著。他像感應到我走近，慢慢地站起來，但我還是靠前頭微弱的光線才能斷定她是一個女孩。這女孩是一個混血兒。身上僅僅穿了一件薄薄的直身裙但渾身濕透……我有點想抱著她給她溫暖。可是，我又發現她的右前臂竟被砍傷了，濃濃稠稠的血似是從那大大的傷口流出來……我腳步有點不穩，實在太可怕了。直到那女生說：

「蘭兒，你終於回來了？」

我不明所以。我是誰？她是誰？我真想寫信去問佛洛依德。那小孩竟是我的慾望對象？也許那折斷了的梳子象徵著將來的某些的遺憾？

＊＊＊

我曾嚮往入讀東京帝國大學，不過，自日本強迫中國簽下《二十一條》，我對日本政府恨之入骨。我內心充滿激情，跟同學們上街參加了壯闊波瀾的「五四運動」。直到一九二四年，我十八歲，終於拿到了庚子賠款的留學公費，也收到了約翰霍普金斯大學醫學系的取錄書。

因為將要一去七年，也因為我是家族中第一個出國的兒女，又是女孩，臨走前，母親哭得很傷心。我當然也捨不得家，尤其是祖父和父親。他們千叮萬囑我要學成回國。

我在大學主修婦產科，副修兒科，研究和功課繁重非常。當時有一位同學叫利春生，同樣來自南京。我們在出發往美國馬利蘭州的郵輪上早已認識。所謂天涯知己若比鄰，更何況我們同屬醫學系。他年紀比我大一點，卻沉默內斂，與我的性格南轅北轍。但這幾年間，我們的友誼有了很深的進展。

一九三零年春，我完成畢業試後匆匆回國。因為祖父病重還彌留了，我必須趕回去。他一直是我精神上的支柱。由牙牙學語到懂得開始思考存活的意義，他是我唯一的良師。就在我快要成為一個有為的醫生了，他卻等不到了。

祖父的葬禮過後，我對什麼事都提不起勁。我仍然對父母之前向我隱瞞祖父的病未能釋懷。利春生之後才從美國回來。他知道我意志消沉，幾乎隔一天便來訪。我漸漸地覺察到他對我有意。可惜，我對他，是沒有的。這算不算是教人遺憾的事？

某一天，他又來了我家。我想也不想就勸他不用對我付出太強烈的關懷。這直截了當的話也許傷害了他。但他的出現，才使我內心更確認我需要的是另一個令我燃起火花的人。縱使我已經二十四歲，縱使爸媽嘮叨我的婚姻大事，但我還在等，等下去。我肯定，就算最後等不到，我不會因為妥協而投向春生的懷抱。

父親希望我能開一所醫院，為大眾提供西醫服務為己任，我順從他們的意思。但我沒有錢，父親出資，還是不夠。我唯有跟利春生商討合作。春生之於我，就是一個合作夥伴而已。他家裡世代從商，曾祖父是清朝有名的鹽商。雖家道中落，但父母非常期待他能做西醫，於是為他籌了足夠的資本。我們兩人，各出十二萬，合資在東城區的內務部街開一所小型醫院。我做婦科，他做兒科。

我們縱使是小型的的醫院，生意出奇地好。雖然，起初我不得不承認，「生意興旺」是因為大眾基於好奇心要來看我——女人當醫生？無知又善良的街坊們，有病沒病的，有錢沒錢的，也湧進來付點門診費為要瞧瞧我這女大夫的模樣兒。

很快，除了孕婦和有病的孩子們，來向我提親的人更多。每當利春生知道我都很直接地把這些無聊的媒人送走，他就向我微笑，似是有意無意地跟我流露「他放心了」的訊息。我明白他跟我一起工作的原因，莫過於抱著一種近水樓台的希冀。我不是說過嗎？如果對他有意，我們應該相戀了，但我們沒有。理想、工作、愛情。這些都是構成我人生意義的最大的內涵。我才不會把似是而非的感覺干擾我的人生。要來的，他始終要來。哪管那可怕的夢又回來了，而且來得又頻密了點。

＊＊＊

經營醫院的日子又過了一年。也由於累積了一點點名氣，很多北平地區以外的人也來看病。但他們根本不知道我只是個婦科醫生，於是，我連感冒、孩子的病也要兼顧。我從早到晚不停會診不停工作，很久也沒有見過陽光。利春生也許覷到我的倦容，他提議帶我去拜訪以前約翰霍普金斯大學的學長王培芬。

他這個邀請我才知道原來王氏伉儷最近搬到跟我家附近。我跟父母早在兩年前從南京老家搬到西城區的西四二條，王大哥卻住在七條。這真好玩，從遠方歸來的老朋友快成為街坊，他夫妻倆舉行house warming party，我這學妹豈可缺席？春生這提議真不賴，我想也不想便答應了。

春生說他心情興奮，因為王大哥是政府的福利部長，該有很多有頭有臉的人在他的家作客。我倒沒有什麼感覺，只想著跟王大哥、大嫂敍舊已然足夠。我們從內務部街開車回到西四北七條胡同，在十七號的四合院前停車，王大哥跟太太正好在門口迎迓。

我們已整整三年沒見。跟王大哥寒暄後，他說想介紹一位從美國回來的前輩給我們認識——

「他從哈佛回來，叫宋康仁。」

「宋康仁？」我竟有點印象。

（二）邂逅

宋康仁是當時從美國回來的科學研究員。他因為跟胡適及陳獨秀友好，因此獲邀在《新青年》、《國民雜誌》及《每周評論》發表文章，多次呼籲中國人「不應該再做順民，應反對政府的媚外政策」。他文筆尖銳，對社會的看法又很有見地。現時局勢混亂，國家既無力停止地方群雄割據，面對列強也只懂媚外奉迎。在這種長期處於抑壓、悲哀的情緒中，我們對學者不畏強權，敢於用筆針砭時弊，總會很敬佩。

我乾脆跟王大哥說：「我認識他。」

王大哥有點意外，連利春生也流露訝異。我忙不迭說有那麼奇怪嗎？我跟他們說曾拜讀宋君幾篇文章，是他的讀者。

「我也認識你。」我身後傳來了一把男子的聲音。我本能地回頭：「什麼？您是誰？」

「您是海大夫嗎?」

我不確定這年輕人是誰。我的印象中,宋康仁該跟胡適、陳獨秀同齡。而面前的男子外表只有二十四、五歲。我問:「你是……宋教授的兒子?」

此話一出引來了王培芬等人大笑,男子也流露了尷尬的笑容:「我是宋康仁,未婚,還沒有兒女;另外,半年後我還要提交博士論文,因此還不是教授。」

「喔,對不起,真對不起。」我說得怯怯的,非常尷尬。他伸出手來,我就跟他握著手。他的外表竟然比我原先所想像的差以千里!這邂逅很有意思。

況且,我從來都沒見過男人會比我高。這怎麼說?我個子高,但宋先生比我再高半個頭。我有點怯於他的氣勢,他目光清澈如水,有強烈的學者風範,跟利春生絕對是截然不同的男人。

我對宋康仁的凝視直到比王大哥的話兒打斷為止:「你們都只管握手寒暄,忘了我們?」

我們才縮開了手。我的臉很紅,很燙,這怎麼辦?這時,利春生也跟宋康仁握手問候，但我已聽不清這兩個互不認識的男人在說些什麼。我轉身去隨便拿法式點心和巧克力塞進嘴吧裡。

王大哥拍拍我肩膀：「你覺得宋康仁怎麼樣？」

「什麼怎麼樣？」我忙不迭回話，但嘴吧裡的東西還沒有吞下。我這晚因一個人的闖進來而大出洋相！

「宋康仁是我認識了很久的後輩。其實呢，他今晚原本不屬於這兒。」

「什麼？我不懂你的意思。」

「他原本不在這兒。只是他參加完研討會，太晚了，回不了北大。」

「那他變成了臨時就在這兒消磨消磨？」

「他怕應酬，原本不想來，但一聽到我有一個朋友是女大夫要來，就馬上改變主意。他對你非常好奇也非常仰慕。」

「他連我的真人都沒有見到，為什麼會仰慕？這簡直是王大哥太誇張了吧？」

「不，他在《北平日報》的一篇專訪裡看過你的名字。當時記者們應該在採訪你跟利春生的醫務所開張吧。」

「喔，那……」我有點說不下去，因為，我從來都不會相信竟有陌生人仰慕我。不過，同時間也對王大哥的恭維話有了不著邊際的期盼。

我盼望宋先生真的對我是有仰慕之意。我又在偷偷地搜尋某人的影踪，原來他還在跟利春生講話。他專注地傾聽的側臉真好看！同一秒，他看過來，他看著我！

我跟宋康仁報以微笑，但嘴巴裡還在咬嚼巧克力。我恐怕我的緊張已被別人三番四次的覷到了。派對後，王大哥還安排了晚飯。不知是故意還是無意，王大哥竟安排我坐在宋康仁和利春生的中間！我竭力地保持安靜，也強迫自己不要再偷看某人。

但我實在太刻意了，是刻意地不去刻意，弄來弄去，還不是很刻意？利春生終於忍不住問：「海葵，為什麼老是坐立不安？」

「沒事，沒事！」

「海大夫，你比我想像中年輕。」宋康仁笑瞇瞇的，是坐下來後跟我說的第一句話。不知怎的，在他的身上竟散發著清幽的茉莉花香氣。作為一個女子，我竟沒有這種香氣。為了今天的派對，我塗了女生現時常用的「佳蘭」花露水。

「我不年輕了。」我不自覺地吐了這一句話兒，但說了又後悔，我不想他知道我的年紀。因為，我應該比他年長。

「跟海大夫一起才感到汗顏。因為你已經是一個博士。而我呢，還未有完成博士學位。」

「交朋友並不是要比地位比財富。不是嗎？宋先生。」

「是、是。」宋康仁笑瞇瞇地附和著我，又盯著我：「但你真的是很有才幹。真不愧是女中丈夫。我在美國的女同學也沒有幾個能拿到博士。」

我不想再跟他談論學歷的問題。我低下頭來，保持沉默。在這歡愉之夜，初次見面，我只想和他輕鬆聊天，這就很好了。

「海大夫，你怎麼啦？」

「沒什麼。我只是對你的誇讚感到汗顏。現今中國有為的女性已是漸漸地多，像鄧穎超像林徽音。比起他們，我算得上什麼？」

「每一個人都生而獨立，每個人都是發揮光芒的個體。你要知道我們被拋擲於世，有責任為自己的前途作出選擇。生存的意義是自己賦予的。」

「你在探討存在主義？很有意思。我喜歡聽。你以後都要多告訴我。」我的話裡有另外的話。我暗示希望大家能再見面。

「好、好。我一定會。在這時勢，知音難求。」他又笑瞇瞇地盯著我，態度多麼的曖昧！這可惡的傢伙！

「你這半年都留在中國？」我問他。

「嗯。我要處理一些私事。也順道在北大作訪問學者。」

「喔。私事？」我真不該吐出來。但我想知道。

「很尷尬的，真的是私事。」

「私事？嗯。宋先生，我太好管閒事了，很對不起。」

「但是……」宋康仁想補充，可是，他的話正好被站起來的王大哥那敲玻璃杯的聲音給打住了。王大哥站在我們的中間要我們一起乾杯。我跟宋先生的有關探討他相親的對話被迫戛然而止。

之後，略帶醉意的王培芬竟仿傚意大利男高音吉里高歌《歡樂的歌女》。這紛亂的時勢。這歌舞昇平的夜晚。環境愈是嘈吵，內心愈是寧靜。我看著他。他看著我。在這段時光，我們陷於沒對話的凝望裡。我用眼神向他交換了內心的訊息。

難道這就是一見鍾情？我是說我、對、他、的。但願這一晚上永不要結束。

***

為了不想宋先生那麼容易把我忘掉，派對後，我跟王培芬提議讓我跟春生再請他們到我們內務部街的醫院來坐坐，晚上再到我的家吃飯。王大哥在電話裡取笑我：「是單純地邀請我和太太，還是要多請其他人呢？他是誰呢？請告訴我，我就把他請來！」

他似是知悉我底心事，但我連忙否認：「您喜歡請誰也可以。不請也可以。」

「我怎能如此殘忍，枉費你的心意？」

該死的王大哥，非迫得我臉上和耳根發燙不可。

兩天後，我期待的日子終於來臨。王大哥伉儷果然拉著某人和另位兩位我也認識的朋友一起來。我在人群中把他一眼看出。無論他身在哪裡，都是那麼的出眾。可是，他站到王大哥的旁邊，竟沒有看著我。他只是先看看我們醫院的大門，旁邊的花槽，獅子石像……最後最後才看著我，並向我點頭微笑。

他應該知道我剛才的在意。他可能有點後悔前幾天對我的過份在意，怕被我誤會，因此要有所收斂。看來他肯大駕光臨，也可能是王大哥威逼的結果。但這提問永遠也找不到答案，因為這微妙的感覺畢竟是宋君的心事。更何況，我是絕對不能這就向王大哥求證的。

愛情何止沒憑據，就連還未成形的猜度要比鏡花水月更加虛無。一日等於一年。局面不斷在變。

當客人都坐在我們的客廳時，宋康仁不僅沒有再主動跟我聊天，反而都趁我跟其他朋友交談時，跟新來的護士楊蕊言談甚歡。楊小姐太幸運了，不費吹灰之力便贏得宋先生的注意。面對比我年輕比我漂亮的楊蕊，我內心好生羨慕。

他們還談了很久，甚至小聲的說開懷地笑。我看得出楊蕊對他的話兒很受落。看來宋君是哄女生的高手。任憑出眾的外表，彬彬有禮的氣度，年輕少艾怎會不印象深刻？

以下的對話，我記得該是我和宋先生一整晚的談話：

他：「你好嗎？」

「不錯。但今天挺忙。」

「菜很不錯。你們的家廚很了不起。」

「不多吃一點?」

「已吃了很多。謝謝你。」

「海大夫?」

「嗯?」

「再見了。」

「再見。」

這晚,我徹夜難眠。何止無夢?就連呼吸也變得困難。我真的是自招煩惱。

（三）

明明在北大忙於研究工作的宋康仁，幾天後竟然又不請自來。可是，我沒有絲毫驚喜，反而很害怕經歷他忽冷忽熱的態度。加上今天醫院一如往常的擠滿病人，我們都忙得不可開交，我唯有假裝看不到他，反正他也沒有講明是要來見我，縱使我承認自己對他有好感，卻何苦自作多情？我看著楊蕊和利春生果然熱情地招呼他，我也鬆一口氣。

可是，醫院的地方不算狹小，但明明可以避見的還是狹路相逢。大家擦身而過，我保持禮貌地向他淺笑，他盯著我的眼神又很靦腆的。但，我還是盡量快步走過，不讓自己有任何被他看穿的機會就好。

一個月後，他又來了！這次他來到，楊護士竟然立即放下手頭上的雜務就出去迎接，然後乾脆跟他一起聊天忘掉了工作。局面似乎已愈見清晰了：他兩次來就是為了要見另一個她！我認，基於女人的妒忌心，我不喜歡覷到楊蕊整天等待宋先生的失魂落魄。況且，就算是多親密，工作就是工作。可是她竟然心不在焉，她在等候跟宋先生成為一對自由戀愛的情侶。

也由於宋康仁是哈佛回來的學者，他經常來到我們醫院「會見佳人」的舉動已被報章的副刊率先披露了。有一天，我抽了點時間想跟楊小姐談一下。我的理由是想了解她的看法。實際上，我心知肚明，還不是女人的妒忌心作祟，所以按耐不住要從她口中知得更多？

這是我情敵的第一句話：「很抱歉我們的事讓你跟利院長尷尬。」

楊護士似乎是用「我們」來婉轉確認他跟宋先生的友好關係。

「那你的想法是怎麼樣？」

「什麼想法？我不明白。你是不滿意我了？」

「沒有沒有，只是有點發覺你工作的態度比前散漫。」

「對不起，我會改善。」

我乘機迫她表態：「我意思是，如果你無心工作，不如辭了它，跟定你的愛人？反正你找到了對象，不是嗎？」

「什麼？」她驚訝地問。

「我是指你跟宋先生……」

她臉紅了：「我的確是喜歡他。」

之後，她還忙不迭補充我早知的答案：「他人挺善良的，挺幽默的，而且學問淵博。」

「他學問當然好。你知道跟他交流的人都是誰嗎？」我反問。

「我當然知道。我知道他現在跟蔡元培一起共事。」

「無論如何，我會衷心祝福你。但希望你能把愛情跟工作分開來。」

「好的。那，我跟宋先生好好的說，免讓你們尷尬，也不要讓我們的友誼被無聊的報人給喧染。」

「嗯，謝謝你，楊蕊。」

「我們其實還不是……只是談得來。」

我內心有點難過。以我的標準，「還不是」跟「已經是」只差一步。譬如，我跟他，就連「還不是」都遠遠不如。我站起來，示意兩人之間的對話已經結束。同時間，我才知道向來喜歡監視我的利春生一直站到外頭偷看我們。

利春生沒有作聲，只盯著我，又走開去。我想向著庭園走過去呼吸一下。楊護士卻叫住我：「海大夫，我還是有點事情想你幫忙。其實……宋先生仍然不肯跟我單獨約會。」

「什麼？報紙上明明是說鼎鼎大名的宋學者跟一位漂亮女生逛中山公園，是戀人關係。」

「那是我約他去的，還是約了幾次他才肯去。海大夫，我……想請你幫我。」

「你要我幫些什麼？快說吧，下午要開診了。」

「宋先生請我去看《杜蘭朵》……」她茫然的眼神，看著我，欲言又止。我猜這可能是她對這歌劇不了解？她的意思是想我幫他惡補這故事的背景？我明白了，於是我告訴楊蕊：「《杜蘭朵》是一個淒美又暴烈的故事。滿懷仇恨的中國公主殺了……」

「不，我聽過這故事。我是想說，他要我開口請你一起去。」

「誰？」我竟然明知故問！

「宋先生。」楊小姐雙眼低垂。

「喔……」我的心幾乎停止跳動：「那你要我幫什麼的……忙？」

「你可否……不去？」

我發呆了。這故事變了調。原來面前的玉人反過來視我為對手？我故意試探她：「你為什麼不想我去？」

「海大夫……你就成全我吧？」

「成全？你說得太誇張了吧？只是一場歌劇，就算我去，也是陪襯，不代表什麼。」

「是他懇求我請你去的。他向我秀出了三張票子，說本來想請一位他心儀的女生跟他去，為免尷尬，他才多買一張。三個人一齊去，他不用太緊張。他的話令我驚覺到，我才是那張多出來的票……」

「你這純是猜測了吧？有證據了嗎？還是你根本想多了？總之，你跟他之間的事，我……不會插手。」我當然也是口不對心，但實在被楊蕊、宋康仁弄到頭昏腦漲。宋康仁會跟我好好交待一下嗎？他會跟我表白嗎？此刻我覷到了痴情的楊蕊雙眼通紅，她要我成全她，我應該成全她嗎？

＊＊＊

今晚格外的寒冷。一九三一年的隆冬。北平獨特而沉重的政治氛圍，並沒有因為政府遷都南京而有所紓緩。這晚，我故意跟利春生說自己想一個人回家。他停不了的嘮叨，我仍然堅持。我跟他說我只需要一個空間。他拗不過我，唯有跟我說：

「你還是睡在醫院的宿舍吧，好嗎？」

「春生，我不是你的妻子。請你就隨我的意思吧。我們兩個是獨立的個體，你過你的生活，我過我的晚上。在這大雪紛飛的夜晚，不會有人伏擊我。你就走吧。」

「你為什麼這麼的討厭我？」

之前要安慰可憐兮兮的楊蕊，如今又要應付纏擾不休的利春生，我真的很累：

「好吧，我就睡在這兒，行了嗎？」

「海葵，你還沒有回答我。」

我當然明白他的意思：「我不是已經跟你說過，我們是工作夥伴也是朋友，甚至是兩肋插刀的朋友。但也只限於朋友。這在我跟你共事之前已說得清清楚楚。」

「我已經三十一歲。還在等。」

「我跟你都是哥兒般的感情，這怎麼可能會發展到結婚？春生，請你再不要為難我。況且，我從來都沒有叫你等。」

「宋康仁的關係？」

他果然要跟我堂堂正正地討論這位早已存在的人。對，宋君早已佔據我內心的每一個角落。像眼前有一間大大的房子，宋康仁把房間給燃亮了。燈火忽明忽暗，但從沒有熄滅。是他，闖進來，並從此躲藏內心的某處。他讓我有努力工作的勁兒。他讓我思考存在的本質，而不只是活著。

「我喜歡宋康仁。我不會轉彎抹角。」

利春生冷笑：「你沒有看報紙嗎？他已經另有愛人。是幾天前跟你談得深入的楊小姐。」

「抱歉，我從不看副刊的。」

「你妒嫉了嗎？」

「這與你無關。」

「海葵……」

「走吧。你根本就是不懂。我跟你之間就算沒有宋先生，結果都是一樣。」

利春生抿一下嘴，然後轉身離開。我看都沒有看他，只坐下來。我聽到聲音他應該打開門離開了。我坐了很久，也想了很久，直到再也想不下去。從來都是直來直往光明磊落，但我的狀況似是回到了少年時堅持退婚的那種困境裡——表面上堅執如鐵，心靈上，卻陷於進退兩難。

醫院暖氣不夠，抵不住寒意。我的心加倍地寒冷。反正室內室外也沒多大差別，我決定走出去。今晚雨雪紛飛，無情的雪打濕我的嘴唇。我壓低聲音哼唱《杜蘭朵》的Nessun Dorma驅走內心的寒意。

「海大夫！」

我怔住了。有個男人在我身後叫我。難道利春生還沒有走？

（四）

但我害怕，因為利春生私下不會叫我「海大夫」。我抖擻勇氣回頭看。

「海大夫。」是宋康仁！天呀？為什麼是他？他整個人躲在門口的大樹下，樹影婆娑下他的臉都被半遮了。晚上十點，為什麼還不走？

不知怎的，我有點生氣了：「宋先生，你是怎樣啦？好端端的一個人，為什麼白天不肯相見，反而晚上出來嚇人？」

「我是剛好開車經過，停在路邊。你為什麼這麼生氣了？」

「對不起，晚了，我……有點累了，我剛才也太沒有禮貌。對不起，我告辭了。」

「海大夫，你生氣是因為看了報紙上所說的嗎？」

「兩個月了。宋先生這兩個月都變得對學問的追求提不起勁，都變得只願意跟年輕的美女風花雪月。」

「果然是，果然是你。」宋先生今晚不再笑瞇瞇了，變成眉頭深鎖，一臉嚴肅。

我沒再說什麼。我轉身走了。

「海大夫，你可知我的愛人不是她？」

「你的愛人是誰，跟我無關。」

「海、葵。」

宋康仁這突如其來的一聲「海葵」！

他親切的聲音使我感觸。他的聲音多動聽，多令人感動。我眼眶紅了。是愛情的感應。

「你為什麼要纏著楊蕊？」我回頭盯著他問。

「因為我不敢接近你。」

「那就乾脆不要來。」

「不來就看不到你。每次在跟她說話時，我眼裡只有你。」

「為什麼現在有勇氣單獨地跟我談話了？」

「因為事情愈鬧愈大。我被誤會了，又讓你誤會我。我不想再拖拖拉拉的。」

「他為了你無心工作。無論怎麼說，都是你害的。現在你又跟我說這些話，你讓兩個女人都心煩了。一個清白少艾，被記者這樣子說，會影響名聲。你作為北大的老師，更不該如此。」

「跟我看一齣歌劇，好不好？我直覺就知道你會喜歡的。剛才你還在哼。」

「宋先生，我不能去。」

「你不要再叫我宋先生，好嗎？以後就叫我康仁？」

「我不能去。我答應了楊蕊，我不能沒信用。我答應過要成全她，她是喜歡你的。」

「你真正在乎的是你的誠信，還是她的幸福？」

我無言了。我倆原本相距甚遠，轉眼間，他已站到我的跟前，還用手替我撥開沾在髮上濕漉漉的雪。他溫柔的說：「我最討厭雪。他濕漉漉的，又淒冷，又無情。」

「那你怎麼熬過北平的冬天？」

「今天晚上我本來很孤獨。心血來潮就開車來到你的醫院。白天想你，下雪的夜晚更加想你。想到了你，想到了你的臉，我的心會暖起來。」

我完全沉醉在他茉莉花的香氣和甜言蜜語之中。同時間，我雙眼低垂，迴避他灼熱的目光。縱使他今晚已不一樣，終於鼓起勇氣向我剖白，但他仍然一臉靦腆。我竟然有種慾望，渴望他吻吻我冰冷的唇。但他的雙手只輕輕地捉住我的手肘。我們之間，仍有一點點的距離。

他相約我們兩個人後天去看公演的《杜蘭朵》，什麼也先不要去煩。但他堅持相約楊蕊去把事情說清楚。我再次央求他不要，求他什麼都不要說。他婉拒了。他以這個理由說服我：「我買三張票已是明顯的暗示。我已坦承心儀的是另一個人。」

「你不是要跟胡適見面嗎？你們不是相約在北大開研討會，討論當前的人權嗎？國民政府上場了，但好日子還是遙不可及。我們都應該把國是放在第一位。」

「這跟我們兩個人的發展沒有衝突。」

「你應該專心工作，專心你的博士論文。而且，我們也只是剛認識的朋友。」

「我雖然是唸科學的，但相信一見鍾情。」

第二天，宋康仁打了電話來找楊蕊。同事們都興高采烈地討論，以為他們真的戀上了，像是男的大方地相約他出遊。但我知道，康仁該是相約楊蕊到新華咖啡室「把事情說清楚」。我好想知道這兩人的溝通方式是怎麼樣的？但我沒有勇氣走去「看」！我對不起楊蕊，我內心瀰漫內疚。

同一晚，我前赴西單舊刑部街的哈爾飛大劇院與宋康仁低調地會合。也許遠遠便能覷到我的憂心忡忡，他的第一話：「什麼都不要說，我們來好好看戲。」

歌劇在北平公演原是京城裡的大事。當晚，縱使已不是首演，還是有很多達官貴人和文字、攝影記者前來探訪。蔣中正總統和宋美齡還是大前晚才來過。心雖然有點豁出去，強迫自己放開懷抱，但內心竟然有所畏懼。我知道宋康仁一直都在旁邊偷看我。我抱歉因為自己的不安影響了他欣賞歌劇的心情。

第二天，楊蕊沒上班，還透過別的同事向利春生遞上呈辭信。這引起了所有人的竊竊私語。也因為，幾份報紙的副刊文藝版刊登了文字相片，涉及到北大副教授宋康仁與新女伴看戲的「逸聞」。我內心好難受。也似乎快成為了大眾審判的對象。我怕死了利春生看著我的眼光。而醫院的事一直由我管行政，楊蕊這下繞過我向利院長呈辭就是宣洩不滿。

利春生沒跟我說什麼。我也只管努力地完成刻下的工作。在紛亂的局勢，生命朝不保夕，我能夠以雙手替別人迎來脆弱又教人期待的生命，是多麼有意義的事。內心的另一個我告訴我，要活得光明磊落，也要明白生活是怎麼的一回事，那往往是歷程中你作出了何種選擇。

我們醫院的庭園，原本只有一些本來便存在的老樹。後來，我暗裡種下了一棵又一棵的茉莉花。我今天走去看，已經種滿了整個庭園。它們大部分幸福地熬過了寒冬的折磨，又歡快地向著我微笑。

＊＊＊

京城裡有關我們的三角關係還是傳得熾熱。有說我作為第三者的搶了前下屬的相戀對象。有說宋康仁移情別戀，還是選擇了身份較匹配的對象。說來說去，就是沒有一個版本接近事實。知道我們兩情相悅的人也沒有一個肯站出來說句公道話。

我們陷進了被大眾審判又感到惶恐的宿命裡。平常的日子我們義無反顧強調個人主義，強調堅拒從眾。到了面對，內心怕事的鬼又走出來，令我們流露懦弱的本質。

我們感到尷尬，也是因為彼此之間還是沒有確認關係。我的個性再豪邁，感情的事我還是沒法開口跟他表白。我也沒有怪他。因為由他向我剖白到目前為止，只不過經歷了十天。在這年頭，政局多變，前路茫茫，我們連明天的事也沒能把握，有誰還敢埋怨太多？

傍晚，宋康仁來到醫院裡。有好心的同事跟我說，示意我出去看看他。我放下工作，跟他在近大門口處的庭園裡聊了一會。

「你為什麼來了?這裡有太多閒雜人等，搞不好還有晚報的記者，你還是走吧。」

「我們是好朋友，好朋友見見面聊聊天不行嗎?」

「不是的。但你今天沒有看新聞紙嗎?」

「沒有，我在校園忙了一整天。我只想來看看你，也想跟你說我將會很忙。因為，蔡元培校長仍然很想邀請愛因斯坦來北平訪問，我可能要跟德國那邊做一些說客的工作。同時也受到胡適先生的邀請，會跟他研究『人權』的問題。我將有一段日子較忙碌，有可能會難以抽出時間跟你見面。」

「喔。明白的。」我內心悵然若失。

「海葵。」

「嗯?」

「我會有一段日子不能常見你。」

「我知道。」我裝作若無其事的點點頭:「請您好好工作，不用刻意來跟我說。」

「葵兒，你會不會想念我？」

我輕輕的點點頭。

「我要走的了。」

「嗯。」我不想再盯著他，讓他覷到我的眼底裡只有他。

「謝謝你跟我說會想念我。我會很想念你。我們可否……？」

他欲言又止。我也沒有問，我知道他特意來看我。我看著他離開我醫院的背影。冒失的他步伐帶點不穩，我怕他被面前的盆栽跘倒，因為他一直回頭看著我，不看前方，他眼神想說：『我們的關係可否就此確定下來？』

我但願猜的沒錯。第三天，我收到一封信，來自那經常在我面前手足無措的宋康仁。

【海葵，你的光芒，總令我不敢接近。這兩個月來我都在遠遠的地方看著你，觀察你。每當看到你不在，就失落了，就賴著不走。你的聲線、舉手投足、微笑與沉思，我都在看。你明明就是一個由內至外都閃耀著神采的女人。

葵兒，我希望可以這樣的叫你。我想跟你說，就讓我成為你的戀人。可以嗎？

如果得到你的首肯，這樣，我無論在哪裡工作，我的心都會安定。尤其是身處紛亂的局勢，每一天都有可能發生令人驚心動魄的事，我們內在的精神更需要安穩。我的心正在開放著，來迎接你的光。讓你照亮我，讓我感到溫暖。我便有信心完成工作，為社會作點事。

康仁／二月十四日】

我把康仁的示愛信抱在懷裡，準備迎接一晚的甜夢。可是，甜蜜的心並沒有被帶進夢鄉。反而自年少時已經出現的可怖的夢又回來了。

夢裡，當見到那混血女孩在等我時，她右手的傷口還在淌血。她說：「你可知道我們原是一對？可是，我們的命注定只能在人生中的某一點邂逅，然後又要分離。但我們還是要等下去，縱使不知道何年何月何日可相逢，但要是重逢，我們就不要再分開。要直到永遠。」

我無法理解她的意思。她伸出手來，想擁抱我，可是，她右手傷得太重了，根本抬不起來，還血跡斑斑。之後她慘叫了一聲，倒下來。我扯下自己的衣物為她包紮。她的臉滿是大豆般的汗。本來緊閉的眼睛半開了，斜睨著我，露出了淺笑：

「蘭兒，你終究會原諒我的。」

醒來時，我哭了，是莫名其妙的哀傷令我不由自主地抽泣。我相信我應該「曾經」是一個叫蘭兒的人。但在那個時候？這跟宋康仁有沒有關係？母親走進來，她以為我因為近來的緋聞而感到難過。我連忙否認，免得長輩擔心。之後，輪到她雙眼通紅。媽跟我說父親的胃病還是沒有好。

「爸爸有病了，我都只集中精神在自己的事情上。」

「你不要怪自己。我們也關心你的對象。」

「媽，我的對象是宋康仁。」

「這我知道。但我們不太喜歡他。」

「為什麼？」

（五）

「你可能對他有誤會了吧？」

「利春生才是合襯的人。」

「媽，感情不純粹是合襯。您可以多了理解宋先生才作判斷吧？」

「如果宋康仁最後要返回美國，你怎麼辦？」

我垂下頭來，無言以對。我的頭很痛，是頭痛欲裂，今天實在沒法到醫院工作。之後我連續病了幾天。我也不知道是什麼病。我是醫生，竟也不知道自己的是什麼病。我回想才發現自己經營了醫院這兩年，只休息過三天。是橡皮筋被拉得太盡，終抵受不住要斷裂。我全身發滾，墜入夢裡昏昏沉沉……

我又陷入了那可怖又重複的幽冥的夢。我遊走於一望無際的書房與引水道之間，彼此沒有關係但相互的接合處似是天衣無縫。現實中這兩個場景應該沒可能連在一起。我也無法記得從哪時起已在書房中。而遇見女孩之後，我總是缺乏力量延續夢境。

只有一點我可以肯定：我總是被某種力量牽引，最後總是走到女孩的面前。女孩在夢裡是會成長的。像這次，夢裡的她又長高了，長得像個清秀絕倫的少女，她躺下來斜睨著我的眼神竟教我怦然心動。少女問我：「永遠有多遠？」

我說：「我們兩個都注定被意志支配。你受傷了，也因為你的意志。意志令你受苦。」

「但意志也令我堅持下去。我們終究會在一起。」這是女孩最後的一句話。我沒法繼續與她對話，因為在清晨醒來了。它是夢的最後一部分抑或已是一個完整的夢？

她是否我的所愛？將來的所愛？還是過去的愛？我醒來時，康仁就在我的眼前，他捉緊我的手：「你醒來了。」

「我是蘭兒嗎？」這是我衝口而出的話。宋康仁當然聽不明白：「你睡了很久。我一直陪你。」

我多了幾分清醒：「媽讓你這樣做嗎？男女授受不親……」

宋康仁微微笑：「有你的佣人在旁。」

憑他關愛的眼神，我更相信，他根本就是夢裡的女孩。他太頑皮了，轉換了另一種身份跟我在夢中相會。

未幾母親進來了。她跟康仁有禮貌地互相打招呼。可惜，她看著康仁的表情跟他看著利春生的並不一樣。母親總沒法理解女兒的心意，還自以為是，一直如是。她還故意在他面前提及另一男子：「利春生來了多次。他每次看到宋先生在這裡，就識趣走開。葵兒，你應該給他打個電話。」

我有觀察康仁的表情，有一點冷峻，眉宇間也流露了深沉。也許，他猜到了。我勉強撐起身子要送他出去，他只管捉緊我的手：「可否告訴我你跟利春生的關係？」

「只是工作夥伴，媽的話你不用太在意。」

「葵，有一件事我應該向你坦白。其實，我跟利春生是認識的。我們小時候見過面，因為我們的父親都認識。在那次王大哥的宴會裡，他跟我相認了。」

「什麼？怎會有這樣的巧合？」

的。」

「當提到你名字的時候，他表情都很曖昧。他默認喜歡你。這些都是我感應到的。」

「我不喜歡他就行了。康仁，他的存在絕不是我們感情的障礙。」

＊＊＊

自從宋康仁闖進來，我跟春生的關係轉壞也是不爭的事實。第三者原來從不是那位早已淡出的楊護士，而是這位陪我創業又深得母親歡心的利春生。同時間，母親突然比任何時間更關注我的婚姻大事。父親倒沒有說些什麼，他身體不好，沒精力再干涉我的感情。母親卻已明確表示，想我嫁給同樣是醫生的利春生，而不是她難以理解又相信應不會很賺錢的科研人員宋康仁。

利春生在醫院裡除了工作就不跟我多談什麼。他好像有點改變。起初我天真的以為他想通了。可惜，後來我才知道他只是改變了方法——他轉而跟我母親更頻繁地見面。他都趁我不在家的時候登門拜訪。

我確實比以前更少地待在家裡，因為我總趁下班後或爭取休假多陪伴康仁。有時陪他到校園工作，有時陪他出席學術研討會。因為出席這些場合的關係，也使我認識了許多了不起的政治人物和學術巨擘。原本我只渴望兩個人多點相處，不過，也因著康仁的關係，我的生活變得沒以往般單調。

漸漸地，康仁也不避嫌就在街上、在校園裡牽著我的手。縱使戀人手牽手是需要勇氣的，但我們抵不住內心的激情而為對方開放了自己。有時天氣冷了，康仁送我回家的時候，總是在我快走入家門前又頑皮地不肯放開我的手。他那張清逸俊朗的臉沒入樹影中，我要靠月光才能看得清他的表情。有時可愛有時複雜，兩種情緒本來不應該共存。難道這預示了我深愛的男人該是個矛盾的人？

「怎啦？為什麼老是不讓我進家門？」

「謝謝你今天肯休假來校園陪我。明天我帶你上咖啡館子好嗎？」

「康仁，如果你休假的話，我想你帶我去看芭蕾舞表演。莫斯科國家劇院舞蹈團來了北平表演。」

「對，你喜歡ballad，你告訴過我。我太大意了，我該安排好然後帶你去看。」

還不待我開口多謝他，他雙手已托住我的臉，吻我濕冷的嘴唇。漫天雨雪不再是一回事。打在髮上打在肩上打在臉上。我們刻下就只有心情沉醉於熱吻中。

為免讓家人在大門口看到，每一次，我們都手牽著手躲到家門前距約廿呎的一條巷子裡。那兒住著袁大媽一家四口，晚上十點前全家人必定都睡著了。沒有人會偷窺到我們寒夜裡的熱戀行為。

＊＊＊

我跟康仁發展到已是不能不見面的地步。我們身邊太多的人太少的時間。我們渴望擁有絕對安靜的私人空間。我們在西總布胡同四十七號合租了公寓，這兒近我工作的醫院，同樣位於東城區。星期二、四和六，通常是我沒那麼忙的日子，他在午飯的時候，便從北大的研究所開車趕過來，留在房子裡等我。他說我不在的時候，他不會開燈，所以他害怕總是等不到我。

我們沒有為這公寓設置電話，有時只能早到的那個等晚來的那個，如此這般。但較多情況是他等我，因為醫院裡常有意想不到的事和病患。他等到不能再等就要趕回校園去。我也害怕走上房子的時候，看到他已經不在。就像今天，我急匆匆跑上來，才兩點零一分，他已經離開。我呆呆地站在客廳裡，沉思……突然間，卻有音樂響起——

我嚇呆了，望向四週，看到了在睡房門邊放下了一台留聲機。它正在播放白光的唱片。同一時間，有人從後抱著我。

我瞥到他右前臂有一道淺淺約五吋長的疤痕。在幽暗的環境下，這疤痕顯得多麼的矚目。也因為這陌生的疤痕，使我曾有所猶豫。幸好他獨有的茉莉花香氣正在我的脖子、臉旁散發開來。因此，縱使房間仍沒有亮燈，這位用雙手環抱我身體的人，必定是宋康仁。

他在我的耳邊悄聲說：「知道茉莉花的花語嗎？」

我閉起雙眼，取笑他：「為什麼你身上老是有這清雅的香氣？你到底是男人還是女人？」

「茉莉花的花語是『你屬於我的』，因此，無論我是男是女，你都屬於我，是我的人。」

未幾，他的嘴唇貼在我的額頭上，雙方忘卻了所身處的時間。有時他彷彿是來自未來的人，只喜歡艱深的空氣動力學，卻又愛上我這個生於公元一九零六年的女子。為了標誌我們能單獨相處，康仁會播放法國的香頌，白光的歌和美國的爵士樂，然後我們翩翩起舞……

=================

音樂：白光《如果沒有你》

=================

＊＊＊

在動蕩的時代裡我們抓緊片刻的歡娛，情感愈趨向激烈內心越是焦慮不安。我們沉溺於熱戀的甜蜜裡不能自拔。每一天每一刻只顧眼前人就是對方。因此，美好輕狂的日子總是稍縱即逝。上天要懲罰我們。

很快很快，康仁再也變得不能經常來看我。我開始習慣要在房子裡等他前來。但愈是渴望他來，他愈是身不由己。

政局近來變得更不穩定。日漸強大的中國共產黨，還有各路新舊軍閥的地方割據都是政府的內憂。日本要兼併中國的野心更是愈形明顯。我們每個人表面上平靜地過日子，內心都瀰漫著對前景的惶恐。在北平地區，愈來愈多婦女當娼。在來看的病人當中，妓女佔了三分之一。我們醫院要臨時成立「特別婦科」來治理他們的性病。

康仁心情也變得不好。他的好朋友陳獨秀被捕，縱使有章士釗為他辯護，仍被法庭「以文字為叛國之宣傳」判處有期徒刑十三年，囚禁於南京老虎橋第一監獄。

之前，陳先生已先後被北大和他所創立的共產黨開除了教籍和黨籍。前輩連番遭遇不幸，康仁心情糟透了。就在陳氏被判刑的第二天，康仁在兩份報紙撰寫了語調沉痛的文章，公開批評「蔣中正內心只有私慾，甚至屢次迫害抗日英雄，他才是人民的公敵」。文章一出，康仁很快被扣留。在他被關押於北平陸軍監獄的第一天，我的靈魂彷如離開了我。我懇求王培芬和胡適先生介入，經二人斡旋，當局十多天後同意釋放康仁。條件是，基於康仁已是美國公民身份，必須離開中國，不能再以美國人的身份對中國政治說三道四。

「我明明是中國人，為什麼以良心發言，換來國家這樣的對待？」

四月，北平還下著隆隆大雪。康仁甫踏出監獄，便向著我抱怨。我能說些什麼安慰他？我的愛人受苦，我同樣感受痛楚。我只能緊緊抱著眼前消瘦了又消沉了的男人。他在監獄裡的食物只有冰冷的飯，他只能用手抓著吃。由被關押直到釋放前的一刻，他一直戴上三斤重的腳鐐，即時睡覺時也得戴著。聽說很多知識份子在獄中忍受不了酷刑而死去。康仁能算是個幸運兒嗎？

「對不起，讓你擔心我。裡面的人都對我很好，只是老蔣不爽，他大概要把所有的文人都關起來。」

「不要再說了，好嗎？」我知道他是安慰我的。如果不是王大哥暗中疏通，獄吏怎會厚待他？我不自覺地握著他的手。他那雙手好冰冷。我們緊緊地擁抱一起，我只想他感受多一點的暖意。

他在我的耳邊悄聲提議：「跟我回美國好嗎？跟我在一起，不要再捲入政治的爭鬥中。」他終要開口了。我早就猜到遲早要面對為保存愛情、離開國家的決定。如果可以的話，我會不假思索跟心愛的他說：「我願意。」

可惜，我暫時難以答應他。

「為什麼？」康仁問。

「我不能丟下父親不理。以前人在美國，我已經丟下祖父不顧。我不能再這樣的不孝。」

父親的胃病愈來愈嚴重，甚至有胃出血的情況出現。康仁頹然的坐在石階上，一臉凝重，雙手托著額頭，思索良久。我愛他更不能耽誤他：「你走吧。」

「走去哪兒？」他抬頭看著我，眼神茫茫然的。

「回到你原本的地方。」

「回到沒有欺騙沒有妥協沒有權勢爭鬥的國度裡？」

「康仁，哪裡都有你憎惡的東西。我只想你開心，只想你把研究工作專心地完成。」

「為什你不能跟我走？你可以在美國考執業資格。」

「我不是說過家裡的問題嗎？」

「我明白。也許我也不能問你，到底是我還是你父母更重要？如要執著於知道你的想法，我應該是個自私的人。」

「你想知道答案嗎？」

康仁慢慢地點點頭，此刻凝神靜聽。

（六）
沒有了愛情，我雖生猶死

「是我父母更重要。」我撒了一個也許會令自己後悔半生的謊言。既為了他的前途，也不能不孝。這答案是為大家找對了出路。我的確相信我這樣的選擇是理智的。

宋康仁只看著我，看著我良久，一臉冷峻，眉頭深鎖。我有愧疚，把臉別過去。

「你想我離開你嗎？」他幽幽的問。

「不是的。只是……也許是……對我們兩個人都較為好的出路。」

「出路？難道你不再愛我？我根本可以等你……」

「你認為還可以嗎？」我流著淚反問他。面對現實的殘酷，兩個人只有變得更沉默。

我安慰他：「你被迫要走也是好事兒。這樣，你可以專心完成博士論文了。你做了四年動力學的研究，完成論文，你可以成為哈佛的博士。」

「學位有那麼重要？」

「你不是想再回來為國家出一分力嗎？這可是關乎到火箭的發展……」

「我們的感情與國家發展、政治氛圍、局勢、個人生死榮辱都沒有關係，好不好？」

他向我發脾氣，拂袖而去了。我們由邂逅、認識、熱戀直到現在只經歷了兩年。我們的相知相遇也許即將淪為一場行將夭折的愛。溫文爾雅的他捲入政治上的詭譎風雲，個性變得急躁。他火光了，忍心丟下我一個人呆呆地站在監獄門外的雪地上。

但是，為什麼這背影、這被人離棄的景象如此的熟悉？像一閃即逝卻永恒殘留著的絲絲點點的回憶？

自那次的不歡而散之後，我們沒有聯繫。這段日子，我過得失魂落魄。縱使我需要照顧父親，但沒有力氣集中精神。

如果科學再昌明一點，科學家可否發明一種調整我們情緒的機器？我總等到午後偷偷溜進跟他合租的公寓裡，只願沉醉於白光一首又一首頹廢又哀傷的音樂中。

＝＝＝＝＝＝＝＝＝＝＝＝＝＝＝

音樂：白光《懷念》

＝＝＝＝＝＝＝＝＝＝＝＝＝＝＝

有一天，我整個人站在鏡子前發呆。黑暗中，我彷彿看到了那位熟悉的混血女孩在鏡中跟我見面。我再也憋不住，淚流滿面。

她問：「為什麼哭了？」

「你要離開我。」

「是你要我走。」

「我不想你走。但爸的病我不得不顧。」

「你不是告訴過我你父親比我更重要嗎？」

「我是口不對心。我很想你。」

我感應有人彎下身來吻我的臉，原來我從夢中回來。現實中，我有沒有在鏡子前逗留過？還是……我在鏡子前哭泣甚至跟女孩傾談，根本是一場夢？

那茉莉花的香氣原是宋康仁身上特有的氣味。他用吻擦去我的淚痕。他回來了。他從我的夢囈中知悉了我的想法。這房子的光，原來他還在乎。

「康仁，你有沒有做夢？在夢裡有沒有我？」

他跟我說：「我曾經夢過在山上開著一輛白色的車，後來，你從霧裡走出來，還一臉靦腆，我忍不住下車就牽著你的手上車。在車廂裡，你竟然說：「你請我上車，我就賴著不走了。後悔嗎？」

我牽著他的手：「請相信我，我們此刻的分開只是暫時的，這個夢不就是證明嗎？」

他眼眶紅了：「你不會輕易地忘了我？」

「不會。我將來必會在你的身邊賴著不走。」

半晌，康仁用手替我整理散亂了的頭髮：「現在的女孩都喜歡仿傚電影明星嘉寶那樣把頭髮捲出波浪，但你偏偏不趕時髦，從來都那麼的特立獨行。」

此時他把一樣東西塞到我手心裡：「你答應我，把烏溜溜的頭髮盤起來。我喜歡你把長髮捲起的模樣兒。讓我以後閉起眼睛，就看到你。」

他手中的東西是一枚紫檀木髮簪。它與夢中的木梳子有沒有半點關係？幸好，它沒有折斷，髮簪的形狀還雕得彷似茉莉花般細緻清雅。我閉著眼讓淚水悄悄地流下來。

「Forget me not!」他跟我說。

我們約定了，待父親的病情穩定後，我們在美國團聚。是排除萬難，也會隻身前往美國跟他團圓的決心。

=================

音樂：白光《重逢》

=================

＊＊＊

康仁離開的同一天，還發生日本領時館職員藏本英明的失踪事件。日本藉此事冤枉中國政府，還差一點向中國宣戰。

無論我們的政府如何懦弱親日，人民的抗日情緒只會愈來愈高漲。

我跟康仁分開的日子在一九三四年的秋天。國共內戰時有發生，終於波及到老百姓。我跟利春生的醫院再也沒法正常運作。加上要全心照顧父親，我們決定結束醫院。

再過了三個月，終於等到康仁寄來的信。他向我報平安，講述自己坐船回美的經歷。原來政府卑劣得派了人員監視他的行蹤，使他在船上只有感到憤怒又惶恐。我好想跟也說在這六十天中自己有多想念他，也難免把這封得來不易的信視如珍寶。

有一句，我看到了，他問：「葵，有沒有用那髮簪盤起了長髮？」

他終於終於在信的最後一行，在吐盡了自己的辛酸之後，暗示他想起我。他說過，他每一次閉著眼睛的時候，就會想起我。

＊＊＊

在回信之後，我發現自己有了身孕。那絕對不是我的意料之內。我被恐懼彌漫全身，而不是喜悅。

我從康仁送給我的紫檀木盒子裡拿起了兩張別具意義的戲票。那夜是四月七日。那齣映畫戲叫《漁光曲》。我跟他早已經是有實沒名的一對。那經常播放靡靡音樂的幽暗公寓裡，確實是我們溫存的地方。

在那訣別的前一晚，我們的靈魂及肉體享受了滿懷傷感、山雨欲來的歡宴。現在代價來了。如果父母知道的話，我的靈魂必會再一次離開我已了無價值的殘軀。

我不能告訴他。

我站在十字路口。

我第一次感到生命之沉重。

＊＊＊

父親的病已發展為胃癌，這近乎不治之症，存活率只有百分之二十。母親終日只有哭哭啼啼，更加添了家中的愁雲慘霧。

我每一天賴以堅持下去的，便是等待康仁的信。

一天早上，我驚醒起來，是客廳傳來有重物被摔破的聲音——

一個從梵蒂岡買回來的聖母石像，不知何故從櫃檯上跌下來，斷開了兩截。

我嚇呆了。同時間竟有點想嘔吐的感覺。兩截，斷開，分離。我怕死這是夢境裡最震撼的預示終於要在現實中發生……我失魂落魄、全身乏力，頹然跌坐在地上，身體也因著這猛力的墜下感受到無以名狀的撕裂之痛……

過了幾天之後，我在床上清醒起來。睜開眼，母親和傭人在床邊看著我。我軟弱得不知道是什麼事。

「葵兒，你流產了。」母親說的一臉冷峻。

我虛弱也慚愧得無言以對。

「前天，你昏厥了，躺在地上，濃濃稠稠的血從下體緩緩流出……你為什麼要瞞我們？你竟然……懷孕了？」母親哽咽了。見我沒法言語，他站起來，掩著臉，離開了我的房間。留下了從小照顧我們的奶娘。

母親的每一句話我都不是聽得太清楚，也沒太在意，我只記得他應該說得愈來愈大聲，也愈來愈急速。雙親震怒是預期的。女人未婚懷孕該當何罪？我這產婦醫師，竟讓自己流產。我的人生真是荒謬的可以！不啻是希臘悲劇的主角！

其實也是一種幸運，現在再沒有必要去隱瞞。

＊＊＊

我忘了每一天怎樣以淚洗面又熬過去。為什麼我一直在卑微地等候團聚的日子，曾經給我不少甜蜜時光不少甜言蜜語的他就只捎來了幾封信？

日子愈久，內心愈是被惶恐籠罩。那份徬徨當然也包括對前景的不安。還有，王倍芬太太捎來一起令我傷心欲絕的消息——

他聽說宋康仁在美國有了新的伴侶，是位美國的舞蹈家。

縱使消息未經證實，足以令我震撼得一蹶不振。那種摧毀，甚至比知悉自己失去了胎兒更嚴重。我好想有一點私人時間讓我寫信質問他，但時間已所剩無幾。我曾經非常虛弱，為了父親的病我強迫自己的身與心快點再次堅強起來。

利春生再度來我家，幾乎每一天都來探望我。這位曾被我精神上拋棄的男人再以勝利者出現跟前。他愈是憐惜我愈感到不屑。我本來再也不想見他，但他跟我說在香港大學有一位很要好的腫瘤科教授朋友Dr. McDonnald，樂意診斷父親的病情。

這時是一九三五年的夏天。

為了父親的病，我不得不接受現實，果斷地跟家人坐船南下香港。父親就這樣被這位港大的醫師診斷。香港比起北平，應該也會較遠離於戰火吧？

我當時是如此認為的。

縱使我的感情路是如此的曲折，我仍然把髮簪放在衣服的口袋裡，當作是吉祥物。有些事、有些人、有些情，就算只剩下苦澀，你還是盡力地保護它，包容它，不忍心讓它的殘軀離開你的生命。

內心仍哼起白光的《今夕何夕》。這首歌又哀傷又萎靡不振，正好歌頌他的負情。

＝＝＝＝＝＝＝＝＝＝＝＝＝＝＝＝＝＝＝＝＝＝

音樂：白光《今夕何夕》

＝＝＝＝＝＝＝＝＝＝＝＝＝＝＝＝＝＝＝＝＝＝

＊＊＊

自九一八事變後，日本人一口氣拿下東北三省，對中國全面的侵略已是如戰在弦，似乎我們南下香港是正確的決定。當時我們住在中環德輔中的一幢大廈內，附近有上海匯豐銀行，算是最繁華的地方。但時代不好，面對家道中落的命運，父母的情緒更低落。而我在憂鬱者的面前慣於裝作樂觀、滿不在乎的模樣。在家人的背後，又有誰知道我為了強忍哀傷，不讓自己有流下眼淚的機會？

臨離開北平時，由於走得太急，實在來不及寫信給宋先生，匆忙下把自己香港的地址交託給一位友人，著他轉交。我不知道地址會否真的寄到宋君的手裡。況且，時間總是過得很快，局勢也變幻莫測，才幾個月，我們被迫又搬到別的地方去。換言之，那一個曾想他知道的地址，已經了無意義。

一九三六年四月十七日，我們第三次搬家，這次搬到了環境更差的九如坊。我看著窗外，望到街上有許多的小販，也有更多一頭紅髮的洋妞在街上與嫖客眉來眼去。無論想嫖的還是被嫖的，他們都不擔心明天，刻下只想醉生夢死。說的也是，反正也沒有人知道明天會是怎樣，當然也包括我。

＊＊＊

翌年夏天還沒到，父親逝世了。我沒有怪一直留在香港大學這象牙塔但內心充滿熱誠的Dr. McDonnald。癌症是無堅不摧的絕症，全世界的醫生都只能束手無策。幸好，也是最珍貴的，父親在最後的歲月裡，從這外籍的醫生的安慰裡，內心曾再次燃起求生的希冀。

母親哭斷腸，但也沒有多少人陪他過份地傷心，因為家傭早已一個一個地離開。

而我底內心反而是解脫，甚至覺得全世界終於只剩下我一個。母親哭得不能自已，也許是他用淚水哀悼海家由堂堂的一百幾十口的大家族，淪為如今剩下兩個女人的廢墟。

世界上沒有人能逃避死亡，我們都面向著死亡，為死而生。每個人都對死亡有打從內心發出的畏懼，我們被迫等待死亡，也被迫旁觀別人的死亡。有的人從容面對，更多的人把死亡這回事放在內心最深深處。不想看，不想碰。

我問自己，到底我是怕死還是不怕死？我應該可以從容面對吧？沒有死亡引領在前，我如何超脫？也因為早知不能擺脫死亡，內心的恐懼令我變得比以前更清醒更冷酷。

也有另一種更坦然的說法：沒有了愛情，我雖生猶死。

一九三七年，國家爆發了七七事變，新聞紙說日寇迅速佔領了華北及華東大部分地區。一九三八年，輪到廣州淪陷，這標誌著中國從外地輸入各種物資的重要補給站被日寇切斷了。之後，日軍重兵駐守寶安縣深圳河。英國表面上維持了香港在戰事上的中立地位，但我們與深圳僅一河之隔，我聽說港督已下令逐步加強香港的防衛。

戰火暫時還沒有波及到城市。一九三九年的香港，社會上仍一遍祥和，但這只是表面的，我們心底明白，戰火一觸即發，我們不能置身事外。不是今年，便是明年，甚至後年，總會很快就來到。留聲機內、影畫戲裡的歌曲再動人歡樂，也只為粉飾內心的惶恐。

＊＊＊

我把長髮剪短，蓄了短無可短的髮型。母親以為我失常了，要突然把自己裝扮成男子。只有我知道，我這個是一種把跟宋康仁愛情剪斷的一個最正式也是最後的儀式。甜蜜、光輝和希望曾經掌握在手心裡，但他們只是水中月，曾經存在過，可惜也只能是曾經，沒法永恒。

長髮在剪刀下被終止了光采，跟頭顱永久分離。它們曾經被宋先生多麼的憐惜著，如今，只是被剪斷在地上的殘絲。從這一刻起，我不要再想念這個人。我沒有想過他會在美國做什麼，過什麼活，跟誰一起。我不要想像，我不要假設，我不要令自己痛苦。在這亂世中，內心仍存著對某人的寄望的話，等於讓了無休止的痛苦燃燒自己。

（七）

再過了一些日子，我終於找到了長工。起初在律師樓當文員，後來合夥人知道我有醫學執照，他好心的騰出事務所的一處被廢置的寫字樓，讓我在那裡嘗試掛診。

縱使有個好開始，但這種狀況，實在與我北平時期的風光相去甚遠。為了增加收入，我也走到山頂道那裡當起富人的家庭老師。

在這年頭，只有富貴的英國人和少數的華人富豪會有「閒情」看醫生，但他們只看相熟的，哪有平民百姓會來看我這不男不女的大夫？我也不在乎有沒有人知道我的過去。反正我沒有想過在這兒扎根。我仍時刻思念北平，渴望能回去迎接真正的愛情重來。

可惜太晚了。太晚了。北平已被日軍蹂躪。我們南京的祖屋也應該被日軍佔據，成為戰爭罪犯的指揮中心。

過往的傭人，現在都變成了平起平坐的朋友，他們有時候會來探望。管帳房的阿九，原來還曾冒險回去南京看。他和妻子阿紫證實了我們的祖屋已被日軍充公。母親聽後竟然沒有流露哀傷，表情還呆呆的。這是我第一次覷到他精神開始出現了狀況。

「小姐，你有沒有為將來打算？」阿紫問。

「怎麼打算？我們有將來嗎？日本仔打來了！！」我苦笑。

「我意思是……找個歸宿。」

面對阿紫的勸喻，我只能失聲大笑。我居然還笑了很久很久。直至他說：「小姐你戀人的信函曾卡在院子前的大樹上。」

我怔住了。戀人？信函？樹上？

阿九替妻子補充：「是宋先生。信上的回郵地址是英文，好在他有寫中文名在信封上！」

「你們不是說海家已被日軍徵用了嗎？」

「這可能是天意。我和老婆走的時候，她沒意識地回頭看，就瞥到老樹的樹枝上卡住了一封信。如果我們不拿下來，它大概要隨風而去。」

但為什麼不讓它隨風而逝？世上總有那麼多好心的人為我們做不必要的事。

阿紫把信函遞給我：「小姐，我們絕對沒有拆開看過。」

這信件已被雨水勁風折磨得萎靡，倒像個衣著單薄身世淒涼的女子求見一面。到底宋康仁要跟我說什麼？遺憾的是，我沒法看到寫信的日期。康仁共寫了五版。他的字體比前顯得更潦草，是心情急躁？他有一些字被大自然磨蝕得失去了影蹤，我只能憑上文下理加以猜度——

【葵兒：

你安好嗎？你到底人在哪裡？我之前已寄過六封信給你，但每一次都被打回。這令我很沮喪，你能理解嗎？

我一直在美國努力工作，更時刻等待我們團聚的日子，但由於研究的是敏感的軍事項目，我被美國的國務部強行要求留在大學的宿舍。不過我也只是個夾心人，我知道縱使自己多麼想念祖國，祖國也不會歡迎我歸來。

葵，我沒法得知你的現況。你上次的信已是一九三五年。王蓓芬夫婦來到美國，王太太質問我的感情狀況，我必須向你坦白，早在我認識你之前，我的確是有個戀人，是美國人，但請你相信我，我們的感情早在你出現之前已生變了，我們是瀕臨分手的了。我就是為了要離開他的視線才決定回到中國來。

葵兒，我每一天都想念你，連躲在實驗室做研究，也偷偷地想起你的臉，回憶你說過的話。葵兒，我沒法跟你見面，我沒法親自跟你道歉。

我要跟你道歉的原因，是因為我應該跟你坦白以前的感情，但我從來都沒有存心欺騙你，我真心愛你，珍惜你。現在，我們沒法見上一面甚至以信函聯繫，我在你心坎裡必已成為負心的男人。我的心在淌血，你能體會嗎？

你香港的地址並不正確，還是你已經搬走了？我曾經聯絡利春生，他回信說你已經跟他失去聯絡，甚至勸我把你忘掉。在絕望中，這一封信我唯有寄到你南京的老家。我有預感，上天會同情我的，這封信一定會安好地躲在你家最安全的角落，等你回來。】

宋君說他從來都沒有蓄意要欺騙我。可是，我已經剪掉長髮，忘情的儀式已經行進了。還糾纏不清幹嗎？是蓄意也好不蓄意也好，我原諒你吧？康仁，我也沒法鼓起勇氣跟你聯繫，因為，我失去了你的兒子或女兒。我同是罪人。你認識我之前之後，有沒有戀人，背叛之罪已獲赦免。只因你在我心坎中是我曾經也是唯一愛過的人。

我但願在來生，以另一種方式再跟你愛過吧？生命縱使看似甚多選擇，但也是沒有太多的選擇。香港淪陷了，四周烏雲密佈。我寧願做一個窩囊的人，把已陷於精神失常的母親安頓在身邊，照顧他，也在戰火下找尋繼續生存的小權利。

在今天，要抖擻勇氣遠走美國跟你見面已變得更不容易。還有，我應該以什麼的身份來見你？你不是也被軟禁自身難保的嗎？況且，你的所謂過氣的戀人還在身邊嗎？你有沒有跟他還有著纏綿的關係？

男人呀男人，都是騙子。嘴吧裡說愛，身體還不是飽受肉慾的支配？我真心羨慕那美國女人。

利春生更是個卑鄙的騙子。在我們南下香港之前，他曾經跟我保證會跟你冰釋前嫌，幫助我跟你重新聯繫，但他只是信口雌黃。我曾多次跟他在信中追問你的下落，他說他從來沒有收過你的信。如今，他成功了。他不費吹灰之力，令我跟你永遠分離。

康仁，你是對的，不只我，連老天爺都原諒你。所以你的心聲已經透過此薄薄的殘軀送抵我的手上。就是因為太愛你，我選擇不回信。你還是抱著你的女人在一起吧！你曾經跟我說，你回國是奉母之命來相親。現在，你跟我說是因為要避開已令你生厭的舊人……我到底應該相信你的哪一個解釋？我們相親相愛的那些日子，你為什麼都不跟我剖白？遲遲不肯為愛人告知真相，還不是另一種的欺騙？

而你跟利春生同是一丘之貉。在信裡，你也沒有明言是否跟他分手了。張幼儀說得對，自從徐志摩拋棄了她之後，她已下定決心，不管發生什麼事，都不依靠任何人，而靠自己的雙腳站起來。我就是張幼儀，縱使力量遠不如她的。

或許，大家已分開了一萬光年，你的臉容和聲音已變得陌生。尤其在四年前第一次聽到你瞞著我另有別人……那次打擊之後，我看到的事物全都變成了黑白色。我再也沒法看到有色彩的——

白光的那首《回憶》，最能吐露我的感傷。

音樂：白光《回憶》

青紗外月隱隱
青紗內冷清清
琴聲揚揚破寂岑
聲聲打動了我的心
想起了他一片深情
還深深留着他的倩影
到如今人兒呀
天涯何處去找尋
忘了吧
鼻兒已酸

淚珠兒濕透衣襟
到如今人兒呀
天涯何處去找尋
忘了吧
鼻兒已酸
淚珠兒濕透衣襟

我堅決不回信給他。

「如果我們仍有機會見面，我會跟你說，我對你的愛情沒設期限。我們那段只區區兩年零四個月的相知，已是我的一生。」

這是我內心此刻想跟他剖白的話。我把它寫於日記上。我期望死後，如有任何人拾起這一頁，無論是完整還是殘缺，都會替我做證，知道我這個女人，曾經深愛過這個男人。

在戰火中，客機停航了，郵船被德軍、日軍擊沉了。我和你的世界徹底地切斷了。為什麼沒法在戰爭爆發前收到你的信？為什麼我只能躲在漆黑的角落思念你的光芒？

我沒法跟你團聚，這將是一生中最痛的痛。

＊＊＊

前天，搞不清是英軍還是日寇的戰機向我們民居投下炸彈，使得大家驚慌走避，有鄰居還被炸傷。母親可能受驚過度，精神狀況愈來愈差。三更半夜必會驚醒，然後披頭散髮望向窗外自言自語。

我沒法聽得清她所言，她喃喃自語，有時目露兇光。她的目光比那些亂投下來的炸彈還要恐怖。我很害怕，怕得瑟縮一角，媽媽跟我的距離竟從來都沒法接近。但無論她能否再清醒，還是陷於更混亂的狀況，我都好像沒法再理解她，沒法再跟她好好的說句話。畢竟，我們血濃於水，我還是鼓起勇氣趕緊擁抱著母親：

「媽，您不要怕，我來照顧您。」

一九四一年的十二月二十四日，那是我平生以來最不寒而慄的平安夜。懷裡是把我養活、雙眼擒著淚水依依不捨地把我送上輪船赴美留學的媽媽。在我們相依為命的日子裡，卻被我疏於照料。我沒法保住爸爸的命，我沒法給她安穩的生活。無能的我甚至使母親變成了再也看不見光明的痛苦女人。

我是如此的不堪，如此的不孝！

這樣的女人，根本沒有資格擁有幸福而永恒的愛情！

＊＊＊

為逃避戰火，我躲在港大做實驗室助理。後來，我和媽媽被安貧修女會收留，棲身於修會位於高街的宿舍裡。

日軍戰敗或被擊退的消息逐漸地多，街坊鄰里都在期待戰爭早日結束。三十七歲的我，經歷了這幾年的相處，跟小修女會之間已變得密不可分。我受到感召，決定成為見習修女。

幾年後，由於長期營養不良，我的健康變得愈來愈差。四十歲那年，本來計劃好要幫忙管理修會的婦兒醫院，醫院甫開張我卻感染了肺癆。有個女孩叫曉絹，是我在麥當奴道發現的棄嬰，我把她帶到教會來生活，現已十六歲。現在，輪到她來照顧我。

我有想過回北京養病。但自從母親逝世後，海家只剩下我一人。當我有決心想回去，我已沒有體力支撐。現在，我連舉起手的能力都沒有。為了不能感染別人，我只能躺在隔離病房的床上。

慶幸，我強撐下去，仍有餘力為自己的愛情一字一句記下來。我的一生經歷，譬如以上卑微的故事，都一直像烙印般印記在這本日記裡。今日，是一九四八年四月七日。四與七這兩個數字，總吊詭地長伴著我。是我猛然發現的。四月七日，在我的生命裡曾反覆出現過不同的故事。

我對不起天父，直到生命之終結，我不得不承認內心仍惦記他。做一個醫生，我不稱職；做一個女兒，我不稱職；連做一個修女，也不稱職。今年，他應該剛好四十歲。我有看新聞紙，宋康仁變成了美國傑出的導彈專家；至今獨身，沒兒沒女。他跟媒體說，他一生只深愛一位中國女子。他二十三歲時與二十五歲的她邂逅，才相戀了三年，因為一時衝動得罪蔣介石，他被遣返美國，從此與她分離。

太遲了。宋康仁想讓我知道的答案，總在我選擇放棄以後才被揭曉。我與他總是緣慳一面。也許我在他生命裡退出造就了他的成功。

「你手中還握有他的信物，不是嗎？」曉絹問我。

「是的。」

「可否告訴我，它是不是那只你永遠用不著的髮簪？」

「它，曾經用得著。」

「海修女，為什麼要把長髮都剪去？」

「為了忘記他。」

「但你仍然惦記他。」

「要忘記一個人，就是因為沒法忘記他。不要學我，我這四十二年來，白活了。」

「你不是說過，只要愛過，只一天也可以是一生一世？」

我很感觸，曉絹的話觸動了我。她對愛情絕不是似懂非懂。

「海修女，現在還發著怪夢嗎？」

「從來都沒有停止過。但進了教會，我不能再相信前世來生。」

「你不是說過它是潛意識嗎？」

「潛意識牽涉到前世今生論，作為修士不應談論這。」

「但我知道你是信的。」

「胡說！你可否都讓我休息一下？」

我真的被這小娃兒問得很累。但她的問題很有意思，使我內心深處很有感覺。彷彿由她帶領下，我再次情不得已地檢視自己的情感路。

「修女，你年青的時候是否很高貴漂亮？你是否宋先生口中那孤傲不群的女人？」

我仍然安靜地聽著她的提問。縱使我疲倦的身體動也不動，縱使嘴吧不發一言，但無窮無盡的回憶，彷如影畫戲裡一幕一幕的片段，沒修飾，沒被刪剪。我強忍著咳嗽，讓空氣沉澱下來，渴望自己的靈魂從此困於思憶裡。肉體不重要，它快腐朽，但愛情不設限期。我對他的愛慕，永恒地存在於理想國。

「我沒法都跟你說個明白，小絹。」

「這十年來，你為什麼都拒絕見一個叫利春生的訪客？」

我沉默無語，因為，我從沒有原諒他。縱使天父教導我們必須慈悲為懷，但我做不到。在我的角度，他毀了我的愛；在天父的角度，利春生毀了我的愛促成了我性靈上的重生。但我快樂嗎？直到最後，我知道自己不快樂。

我決定把記載了自己一生的日記本經消毒後送給曉絹，希望她替我保管著，並繼續把我口述的都由她記下去，直到我死亡的一天。

＊＊＊

再過了半年，海葵還是在病榻上苟延殘喘。曉絹哭著跟她說，她一時衝動，在沒經過對方同意的情況下，擅自寫信聯絡宋康仁……

海葵很生氣，氣得幾天也對小女孩不瞅不睬。之後，她看起來精神了點，卻主動跟女孩說：「我已經準備好離開。」

曉絹內心感受到無以名狀的痛，好想開口說：「你為什麼不堅持下去？」

事實上，宋康仁收到她的信件之後，情緒非常激動。他決定辭任麻省理工大學教授的職位（五年前，他執意離開國防部，避免終有一天會被牽涉於政治的爭鬥中），也沒待校董方面的批准堅持回國。幸好，不同於十五年前，他這次回國之路較為順利，也許是天意，更有可能是他內心強大的意向感動了上天。反正從收到曉絹的信件的那一刻起，他已經作出了一個決定……

虛弱的海葵在病榻中隱隱弱弱聽到宋康仁已經回來了。教會的人對他將要大駕光臨覺得很光榮也很驚訝。他已成為了香港殖民地政府甚至中國政府極度重視的人才。海葵知道，宋康仁不是利春生，他絕不熱衷為權貴獻媚，他趕來是為了要見她最後一面。

翌日的清晨，海葵從睡夢中醒來。他睜開眼，覷到了宋康仁陪伴在旁。他還是一樣，他的笑容與邂逅的時候完全沒兩樣。他覷到宋康仁右前臂那淺淺的約五吋長的疤痕，因此他深信眼前的他絕不是幻象。在他的關注下，海葵知道自己會快樂地離開。

「葵兒，我們很快就會再見。我要你再愛我。我絕對不會再錯過你。」

「假若我已經忘了你，我如何在人群裡認得你？」她用盡力氣問。

「我自會對你有感應。無論你是男是女，我都會對你窮追不捨。」

「請你記住四和七這兩個數字。那是我們的密碼，我怕將來忘了。」

他用力地點點頭，卻堅決不讓眼淚掉下來：「四，七。我記住了，海葵。」

她其實還有話要說，但未幾已陷入了昏迷狀態，仍堅持不閉起雙眼，像害怕他會忘記了她。她倔強的目光，跟宋康仁第一次相見時完全沒分別。當時海葵回頭過來，傲氣地問：「你是宋教授的兒子？」

他還清楚記得，在兩人邂逅的歡宴之夜，在眾人歡樂高歌的晚上，是他一直在偷看海葵，使她回望他，開始感受他的力量。他們本是一見鍾情。那兩年七個月的相遇相知是彼此的一生一世。

終於，到了這一刻，不得不走。宋康仁那張清逸俊朗的臉，是海葵最深也是最後的回憶。

＊＊＊

後記

宋康仁送別海葵後，他拒絕共產黨的邀請擔任國防顧問。他選擇留在香港，並替他已逝去的愛人接管安貧修女會所成立的婦兒醫院。可惜，過不了三年，他也鬱鬱而終。一九五二年四月七日，教會、醫院裡的人沒有再見過他。失蹤兩天後，他被發現浮屍於醫院附近的海灘。

有說他溺斃，但更多人相信他自殺。輿論有這種聯想，除了因為他和海葵的故事廣為人知之外，最重要的證據是：法醫說宋康仁死前並沒有掙扎的跡象……

第三章　2011年・香港

獨白：楊家樂

（一）

我這個人，個性徹頭徹尾的宅男。從不自覺好看。個性木納寡言，其實內心沒自信，卻被人誤會個性太自我。不過對於別人怎樣看，我沒有所謂。只要遇上喜歡的人，她又喜歡我，就可以了。在香港生活，壓力大，空間小，養得起自己，沒欠人恩惠沒欠人錢就很OK了。我很愛父親，但我跟你說，和他相依為命的二十七年裡，我們之間的對話應該不超過一年十句，有可能更少！

我很獨立的。七歲起開始照顧自己，每天要從鏡子的反映中確定自己的儀容才上學去，我是沒有媽媽、傭人依靠的。可能照鏡這個動作已變成人生中的例行公事，產生了內心的負面感應。中學畢業後，無論什麼出門原因、何種心情，只會容許自己一天照一次鏡，那是刷牙的時候。

媽在我七歲時被巴士撞死，還是在我和爸面前給撞死的。事發時也許像只過了一分鐘。我們一家三口急步橫過馬路，快到了路邊，原本在身後一直嘮嘮叨叨的老媽子，突然用手把我猛力地推向前，再之後她發出悽厲的慘叫。我們回頭看，只過了一秒，他不僅沉靜了，半個身體還被捲在巨大的巴士下，雙眼半緊閉，五官扭曲——

當時的我不敢想像在車輪下她那下半身的模樣。腹部好像給剖開來了，流出了濃濃稠稠的血和一些令我很畏懼的深紅色的東西……未幾，他奄奄一息，來不及恐懼，爸哭了，只管抱著他呼天搶地。

我也哭了，跌在地上嚎啕大哭。爸爸的哀求聲震耳欲聾：「救命呀，幫幫忙呀，救命呀……救傷車在哪裡呀……要送往醫院啦！救命呀！」

我跟著他一起哀求旁邊只牢牢圍著、不肯伸出援手的路人。淚水汪汪的，也許有些人被我感染了，終於有了白色的大大的車子駛來。人多了，四週顯得更混亂。我不敢走到媽媽的跟前，爸卻不肯放開她的手。又突然，我被一些穿制服的人拖著手，他們告訴我不要害怕，要帶我和爸爸離開。他們跟爸爸大聲說：「先生，請冷靜，我們正在搶救……」

第二天，媽媽離開了。那是大清早爸爸從醫院回家後，他擁著我痛哭時告訴我的。他之後哭得很厲害，我也哭了。雖然我記得那時候，我還是不太明白「死亡」的意義，卻非常記得爸爸的頭伏在我肩膀時不斷顫動的感覺。他的淚水和鼻涕弄到我肩膀上的衣服濕透了。那種極不舒服的難受還在夢境裡不時重現。

但那次之後，爸便沒有再哭過。我不確定他到底是已經不想再哭還是不能在我面前哭。再過了幾天，我們收到了房屋署的通知，告知我們「這一家人」幾年前的申請終於獲得批准，可以從鑽石山的木屋區搬到蘇屋邨住。

這是來得太晚了還是來得合時？

那年我八歲。兩個不同年紀的男人，轉換了新環境，爸心情開始好轉。我卻開始明白喪母之痛。那是日積月累的內心滲出來的痛。譬如在夢境裡看到媽媽回頭看著我、譬如有時從夢裡甦醒時，心臟明明還是砰砰的跳動……因此，我理解媽媽是不會回來，她只能停留在夢裡的幽谷。

爸爸開始認真地教我如何照顧自己，譬如換校服，做飯燒菜和清潔屋子。他卻沒有教我為人處世的道理，例如該如何跟別人相處，如何跟別人溝通。一年復一年。

一年內父子交談的次數不會超過十多句。曾經試過老師和同學一直以為我是個自閉兒。

我沉默寡言的個性也許不是天性，還是被後天的遭遇深化了。為克服沉鬱的個性，我有看心理醫生，她推介我使用一款價格昂貴的「情緒調控機」，由美國最大的藥廠MGm發明，現已在全球發售。起初我很抗拒，因為在東方人的社會，情緒機曾掀起了激烈的爭議。像我這種內歛的人，又如何開放自己接受這蓄意支配人類情緒的機器？

人的情緒要靠機器？心理醫師沒有跟我在道德上爭辯，只勸我說使用機器總好過嗑藥，甚至比依賴自己可靠一百倍。靠機器比自己有效一百倍？是誰定的？有客觀的普查嗎？那樣子毫不漂亮的心理醫生冷冷地遞給我相關的數據。我回家詳讀，共七頁厚，很沉悶。數據都是傾斜於支持「機器」這產品的使用。去看心理醫生最終卻被說服去相信機器不要相信人，這真荒謬！但反正我不想再見到她，我作出了同意試用的選擇，開展了租賃情緒機的日子。

需要情緒高漲、興奮的日子，我可以選擇「愉悅」，需要心情平和的，自然可選「平常」。傷心也可以選擇，譬如你明知要出席一位與你毫無瓜葛卻要裝作傷感的人的喪禮。機上共七種情緒（「悲哀」、「憂傷」、「平靜」、「開懷」、「愉悅」、「興奮」另加「+/- 動怒」），每一種情緒又分五種由低至高的程度，方便你在複雜的人性中掌握微調。

有效嗎？斷斷續續用了幾年，蠻管用的。

＊＊＊

親戚看到我，總嘮嘮叨叨我什麼時候成家立室。爸總流露出不屑的表情，我不知道他這是瞧不起我，還是跟我一樣對別人愚蠢的探究感到煩厭。他想兒子幹一番事業？我唸書成績不過不失，勉強唸完理工大學，沒更好的方向，我決定完成兒時夢，投考消防隊長。幸好父親也從沒有強求我要有什麼偉大成就，對我投身這行也沒多大意見。我倆的關係既唇齒相依也是相距千里。曾經有一段日子，他對我更不瞅不睬，我後知後覺，終於想到是他不滿我以前的女朋友C。

我和C在中學同學的聚會中邂逅，她不是我的校友，是一個從日本考進演藝學院舞蹈系的女孩。她不諱言當時已有一個所謂金融才俊的男朋友。我當然沒興趣知道更多，但她強調，她不是依戀舊人，只是她條件多好，也認為簡簡單單的我可能比另一個他更合適。其實從小到大我對跳芭蕾舞的女孩情有獨鍾，因此她答應跟我交往我已經心滿意足。不過我懷疑在我們交往期間，C跟這個男人應該還在拖拖拉拉。為了鎖住她的心，當時我作出了一個極為愚蠢的決定，就是讓她住進我和爸同住的三百多呎的公屋單位。

再過了半年，我進了消防訓練學校，接受二十三週的留校訓練。我走了以後，爸跟我說C已經不常回來，但爸爸說他樂得如此，因為他不想和一個跟兒子沒名沒份的女人同住一室，那會令他很尷尬很不舒服。這是爸第一次如此的坦白。他的話使我很後悔當初作了跟女友同居的決定。我覺得自己愚蠢、魯莽又不孝順。

C曾經問我借錢。如果女友說她需要錢去應付「大阪市那千瘡百孔的家，需要現金周轉的父親，他的學費和他欠債的弟弟」之類，我也不能袖手旁觀。自從我住進了訓練學校，她變得行蹤飄忽，不常接聽我的電話，這算是什麼關係？放假要跟女朋友見面變得愈來愈困難。如果當時不是依靠情緒機，我幾乎不能熬過半年的艱苦訓練。

縱使C連我的畢業禮也沒有來，她一天不跟我說分手，我仍然當她是女友。可是再過了幾個月，最擔心的事始終要發生：她終於打個whatsapp訊息說要分開，說嫌我將來的收入應該比不上那些她從事金融行業的朋友們。她也嫌棄我使用情緒機，嘲笑我是一個有缺憾的人。

當你好愛好愛一個人的時候，她的話再刺耳，你不會太在意，只求她回心轉意。幸好，直到那一刻，我也知道我並不是那麼的深深的在乎C。故此，我並沒有像報章裡所說的癡情傻瓜走到情人出沒的地方苦纏。而且，就算懷疑她老早已背著我跟別人要好，我寧願依靠情緒機集中精神，也沒有中途放棄訓練。

這也我第一次醒覺到在事業和愛情之間，我知道該如何選擇。但抉擇歸抉擇，分手後真的仍要靠情緒機熬過失戀日子。之後C有還錢給我，但每次都是那麼的一點點。其實我不在意她每次還的那一點點。她肯還錢，某程度上意味著我們仍聯繫著。可惜，她總是在我仍想念她的日子裡，一直跟我捉迷藏。我知道C應該還是回到那從事金融工作的男子的懷抱。內心是痛的。又或者是，至今我仍然放不下她，是內心不忿被人遺棄而已。

我和C仍沒有正式分手之前，曾相約在北角電氣道一間餐室見面。結果，我一個人呆等了兩個鐘頭。她在電話裡勸我先點個午餐，我照做，因為我不想再受到侍應的白眼。

結果那盤義大利粉涼了。預期要來的人還是不出現。吃下面前的東西，大概是那一秒鐘唯一可做的事。食物放進口中，本來淡淡的，嘴巴同時沾上了有鹹味的淚水。我把手一揚示意侍應拿支tabasco，有一個坐在隔壁的女子說：「拿這支吧，我用過了。」

我伸手從她手上接過東西：「謝謝，要還你嗎？」

「當然要還。」她微微笑，看著我，也許覷到了我的眼睛紅紅，臉上的微笑變成了尷尬：「Sorry, 我只是開玩笑，你不用還。」

我忍不住偷看她，她已經低頭進食。女子的髮鬢垂下來，還是瞥見她是皮膚白皙的混血兒。可是，我心情差沒胃口，多拿支tabasco只是想多留一會兒的理由。

我霍地站起來，刻意經過她旁邊：「還給你的……」

她抬頭看著我，剎那間，我們難以避免地有眼神的交流。

女生問：「你肯定要還給我？」

我沒有回答，但向她微微笑表示謝意。之後我離開了餐室。

＊＊＊

有很多人說，如果你感受痛苦時，日子像沉澱著，會過得格外的慢。但我的日子卻過得可以。做一個苦悶又沒有方向的人，只好一天又一天地上班，然後睡覺，然後上班。這天，我調了「平靜」。我要到一家位於山頂的醫院演講。我們的工作，除了前線的，有時還要到不同的醫院講解最新的防火措施。今天到這家，下次到那家，如此類推。

這天，盛夏三十四度，下午四點十五，空氣混濁，臉上只有汗水，氣溫高得令人眩暈。

當我來到演講室，才發現魚貫入場的職員絕大部分是年長的護士。他們不專心聽，只管竊竊私語，然後毫不收歛地發出笑聲。也有些人眼睛在盯著我，靈魂也許又飄到老遠在想別的事。職責所在，我還是要把資料講完，及用道具作出一些簡單的防火示範。但無論我做些什麼，他們都嘻嘻哈哈，交頭接耳。幸好我今天使用了平和（+5）的情緒，於是我像蠟像一樣，沒法流露任何尷尬的表情。

還有大約五分鐘的光景，便完成了。有一個年青醫生進來，她一直低頭在打智能電話。她坐下來，終於讓我看到正面。我們四目交投，感覺非常滑稽，因為……竟然是那個在餐室裡目送我離開的女生。

她的出現，才驚覺日子過得這麼慢。我們上次踫到應該是春天，是三個多月前。但是，若不是今天來到這裡，我也許已淡忘了她。

她在席上跟我點點頭微笑，彷彿知道我認得她，但就算我記得她也不會跟她相認。結束了，我跟護士長寒暄後便趕快離開。在快走到停車坪的通道上，我發現這個人竟追上來。

「有什麼事幫到你？」我板著臉問。近距離看她，才發現她不是那麼的混血，外表還像中國人多一點。女醫生開門見山：「楊先生，你記不起我了？」

我還來不及回話，她再說：「我們見過面的。你真的忘了？」

「我倒沒有多大的印象，況且我今天是來工作的，真的不方便談。」我堅持不承認見過面。她不服氣：「我們在黑麥餐廳見過。我給你一支tabasco，你忘了？」

「我現在趕時間，對不起，再見。」

我裝作很匆忙的要離開。我不知道她有沒有在後面跟著我。不知怎的，我記得當對方說「我們像……在哪裡踫過面」這一句話時，我倒覺得我和她應不是在那裡邂逅，而是更早的時候，但又想不出何時何地。那種想法只像絲絲點點、隱隱約約的頭緒。不過，這個一閃即逝的奇怪念頭驅使我在「平和」的情緒中衍生的微妙的心跳。

＊＊＊

一個月後，我因膝蓋的勞損以病人的身份再到這家公立醫院，檢驗完畢便在附近等小巴離開。整個山頭被濃霧籠罩著。我等了很久也沒等到公車，對面的車卻向我響號——

是她！那時是傍晚七點零四。醫生下班了嗎？毫無預感下，她再翩然而至。

（二）

這次，我換上了便服，她還是在濃霧裡把我一眼認出。

「上車吧！紅色暴雨警告生效了。」

我難以相信自己的生活像戲劇一樣，跟一個陌生人有N次的相遇。我只站在車子的外頭，沒有從容地鑽進車廂裡。女子的車子是兩座位開篷跑車，如今山雨欲來，她把篷拉下來。車身奶白色的，配襯黑色的軟篷，很酷的反差，卻不配合我心目中醫師文靜的形象。

她忍不住走出來：「你……還不認得我嗎？怎的那麼婆婆媽媽？快上車吧。」

「你不用客氣，公車還是再過一下便會來。」

「有便車為什麼不坐？我不會吃掉你的。」

我投降了，鑽進了車廂。

「為什麼來這兒？又演講嗎？還是檢驗我們的消防裝置？」

「我左膝受傷，來照磁力共振。」

「噢，左膝受了什麼傷？」

「你是這裡的醫生？」我反問。

「週一和週四才在這裡。我另外一些時間是駐守另一家醫院。」

「喔。現在醫生都會這樣？」

「嗯。你還沒告訴我膝蓋為什麼受傷了？」

「年紀大，老化。」

她忍不住笑了。不知怎的，我感覺好滑稽，彼此像熟絡的朋友，但其實連對方的名字也不知道。

「你叫什麼名字？只知道你姓楊。」

「楊家樂。人們都叫我樂仔。你呢？」

「Avery Fisher，余愛非。」她一直都笑瞇瞇的，好可愛。

山上的路太窄長了，她剛巧要應付一個急彎，但應付得蠻好的。我一路安靜地看著她。這個人的側臉挺好看，混血的五官比我想像的長得更精緻。她今天應該塗上了茉莉花的香水，而且車廂和頭髮也瀰漫著茉莉花的香氣。我們一直被這種氣味籠罩著。她主動，我防守。在茉莉花香氣的祝福下，我進入了她的車廂，要踏上一段發展得稍微急速的旅程。

我後來知道，她爸爸是中英混血兒，本姓Fisher。Fisher直譯是費沙。她說曾祖父早在二十年代搬來香港定居。爺爺之後娶了中國人，嘗試本地化，想改用中國姓氏，還是從「FISHER」這個字的意義著手：魚?當然不能是魚或漁，不知是誰靈機一觸想到同音的「余」。「余愛非」，我初時以為是「菲」，原來是「似是而非」的「非」。我從沒有問過她，究竟她爸媽是故意用「非」這個字，還是根本用錯？之後，我也用「費沙」來當對她的暱稱。

她的車子從人煙稀少的山上直到山腳的鬧市中飛馳，慷慨地載著陌生的男人去那麼遠的目的地，面對熱情的女子我卻只懂得耍酷。濃霧僅屬於山上，打從我們到了市區之後，霧氣早已消散，暴雨還沒有來。雖然我們再沒有新話題，但我很快就被她手腕上的疤痕吸引了視線——那是一條在右手手腕對上幾吋位置的淡淡的疤痕。

由於她皮膚白皙，使疤痕更礙眼。怪只怪女子皮膚太亮白如雪。雪，對作為在香港土生土長的男人來說，既美麗又遙不可及。小時候看卡通片，男女主角總會在雪地上擁作一團。小小年紀的我，總幻想著自己抱住愛人藏身於白雪堆裡……

「你在想什麼？」她的問題打斷了我的沉思。我當然不會告訴她我正細意欣賞她白皙的皮膚，甚至把她的肌膚跟雪聯想在一起。

「沒什麼，剛好想到北海道。」我胡扯！

「噢，北海道？老實告訴你，我很害怕雪的！」

「為什麼？你不是在外國長大的嗎？」

「我也不知道為什麼，總之我就是很討厭很害怕踫到雪。其實它不僅僅是髒，還很濕冷。所以我甚少回英國，我喜歡在溫暖的地方生活。你喜歡雪？」

「是的。」

「現在我們雖然有少許分歧，但不要緊，將來你會發現我們有很多共通點。」

我望向窗外，對她的話感到沒好氣。我們根本連朋友都沒稱得上，管它什麼共通不共通？她不喜歡雪，對我來說，有什麼意義？這人孤高的外表完全是騙人的，談話語氣直截了當。臨下車前，問：「可以有你的電郵或電話號碼嗎？」

「這是為什麼？」

她有點尷尬了，我看著出。可能她一直習慣了做主動的角色，很少被人婉拒。之後她趕快說：「沒關係，算了吧！」

但我對她也有點興趣的：「不如你告訴我你的手機號碼？」

之後，我把電話號碼用whatsapp 告知她。幾天後，她已經把我加為臉書（facebook）裡第一百四十七位「朋友」。我偶爾也會收到她的訊息。她常問候我，轉載一些有趣新聞的連結給我，也會問我此刻在做些什麼。她怕我忘了她，其實外面有太多比我更好看更有風度的男子，應該是我怕她淡忘我吧？我來自草根，又沉悶又不夠氣派，她為什麼對我感興趣？她看中我什麼？但我被她吸引倒是事實。下班回家，甚至有時跟同僚在PUB裡，我會忍不住登上費沙的面書，看看有什麼更新。費沙總愛在facebook裡POKE我，我也POKE回她，兩個人玩來玩去。我開始覺得跟對方不再陌生。

＊＊＊

費沙之後的一段的日子經常約會我。去哪裡、吃什麼、做些什麼都總是由她提議。有動態的，譬如登山、打網球或出海；又有靜態的，譬如去看戲然後去咖啡館子繼續聊觀後感、逛誠品、跟她一起逛唱片店。

不過，縱使我們經常約會，還是沒發展到走上對方家的關係。而且有一點使我很在意的，就是她雖然只比我年長三歲，但我跟她思想上的距離應該起碼以光年計算。余小姐看書深奧的程度，我能想像到，她家裡應擺放許多我難以理解的書。

我看到她手中的書，叫《意志和表象的世界》，作者叫叔本華。

「你都不喜歡看書?還是不喜歡我看的書?」她突然問我。

「不會呀，我喜歡你看的書。但你的書總是很深奧，總是哲學的，我跟不上。還是喜歡你上次挑的幾本講李小龍的書。」

「我看的書都不深奧，只因我愚蠢，才顯得它們難懂。」費沙說的時候眼神很輕柔，也飄得很遠，不聚焦的美麗，一閃即逝。

「你信不信意志這回事?」她又問。

「我不明白。」

「叔本華常說意志這回事。他認為意志是人最原始的動機，潛藏於內心最深處，因此，人生充滿了衝突。」

「我小時候看《年青人周報》時有看過叔本華這名字。他是哲學家嗎？你都喜歡哲學，是嗎？」

費沙沒有立即回答。她的樣子很安靜，這恬靜又淡雅的美麗，跟她平時的熱情極不一致。費沙總是那麼的多樣化，是一個難以捉摸的人。這時，書店響起了一首老歌，很動聽的，但我對歌者及歌名沒有概念。

她告訴我：「是白光的《如果沒有你》。你懂這個名字嗎？」

「白光？」

「嗯，那是一首三十年代的老歌。我很喜歡三十年代的時代曲。」

「你這鬼妹仔連中國的老歌都懂？」我取笑她。一個二十來歲的女子，與三十年代的事，著實有一萬七千公里的距離。老歌跟余愛非有什麼關連？現在的小學生，連周杰倫都不認識，費沙竟然欣賞白光？她這個人真夠另類。

||||||||||||||||||||

音樂：白光《如果沒有你》

||||||||||||||||||||

「你笑的樣子很好看。音樂果然是好東西，令人忘憂。」

「我以後便笑多點吧？」我還想告訴費沙，其實我今天心情開懷源於她，我沒有任何預設情緒。

我和她愈站愈近，起初是為了避開看書的人潮。書店的人流漸漸少了，但我們沒有站開，甚至只差那一點點，我的手可觸碰到她的手指尖，或觸摸到她右前臂那道淺淺的疤痕。

「我和你都只是凡人，凡人注定沒法掙脫意志，從慾望中解脫出來。」費沙盯著我說，眼神還透出詭異的感覺。

「你這幾句從哪裡抄的？」

費沙笑了。我看得出她說「沒法掙脫慾望」時流露的惆悵。對這些艱深的人生命題，憑我有限的感知體驗，我根本沒法安慰她。就由慾望支配著我們吧。例如熱吻，性愛，裸露的身體或強烈的色彩等所產生的視覺衝擊……我們沉醉在慾望裡有何不可？目前的我尚算年輕，還不完全明白人們為什麼要禁慾修行。費沙應該也是個充滿慾望的人。我極有可能還是她渴望得到的對象之一。反正有慾望的男女才夠吸引人。

「你小時候看什麼書？」我問她。

「漫畫書，特別喜歡花生漫畫。我小時候住在貝爾法斯特，沒多大機會接觸中文書。」

「Belfast應是個很漂亮的地方。」

「這怎麼說？」費沙皺眉了：「香港也很漂亮又浪漫。我們從不同的地方來，卻同在這裡認識啊！」

我苦笑著。我根本不懂欣賞小時候的成長環境。很難想像蘇屋邨有著「漂亮或浪漫」的本質。我沒有告訴費沙更多的童年往事，因為是傷心的源頭，說不盡的灰色。我不想開心樂觀的人陪我承擔過去。

＊＊＊

每一天消防車出發的時候總很留意第四街口的那家文具店，店子叫「愛飛」。這家店是新開的，取代的便是那家曾使我傷心的餐室。

「愛飛」只是名字上同音，跟余小姐毫不相干。車子往往走得老遠我還是回頭看，直至店子的在視線裏完全消失。同事問為何每次經過文具店便笑，或者，我會說喜歡這家小店的理由，除了是店名，它的光亮通透也吸引著我。那可不是一部情緒機器製造出來的微妙感應。我有感悟的。我有點感謝費沙。

最近才知道，費沙的母親在中環伊利近街有一家「貝糕CAFE」店。一天她約了我在那裡找她，我到的時候只看到費沙和其它的店員在忙著，我想幫忙又不知道從何入手。

店子有二百呎左右，那天生意超好，我沒有地方坐。費沙招呼我走進收銀台處後面的小角落坐下來。我沒有坐，那裡太狹窄了，我一直站著，看著他們忙碌，也是一種情趣。

「對不起，其實我原意並不是叫你來看著我們在忙。不知怎的，有店員突然請病假了，再加上母親沒空，現在沒空招呼你。」

「這店子是新開的嗎？」我問。

「不，已開了七年。BAGEL和超過三十七款cream cheese的選擇是這裡的賣點。」

「今天晚上是什麼特別的日子？」

「沒什麼特別，只想見見你啊。」

我忍不住笑了出來（費沙也夠直接！）：「喔！哈，那你要我來這裡就是要我被你看著？」

「不是的。」費沙笑起來了。她笑起上來的時候，不大不小的眼睛像嫵媚修長的彎月。微微掀動的嘴吧，露出潔白的牙齒。她清純又帶點複雜的表情，很矛盾，卻非常吸引。

「我還是在外頭等著你吧。」

我倚在欄杆，就在外頭看著店裡店外的人在流動。看著客人店員不斷的進進出出。直至晚上八點 bagel店關門了，員工都走光了，只剩下我倆。她問我：「打烊了，楊先生，我們去哪好？」

步。

那晚，我們都沒有胃口，也不想這個約會還沒開始就要結束，我們先在街上踱步。

「我們認識了多久？」她問。

「一段不短的日子吧。」我答得籠統，故意的。其實我知道已跟余小姐做了三個月的朋友。我記得的。我看著她，她回看我。我和她經常的曖曖昧昧的對望。晚上九點十二分的街上，由街頭走到街尾，直至走進夜店買醉。很久很久，沒有這樣輕鬆地開放著自己繃緊的身體。我們喝了很多酒又跳了很多舞，跟數之不盡的人沉醉在強勁的音樂中。因為音樂太震耳欲聾，我們都很自然地在大家的耳邊說話。費沙把頭湊近，場內燈光忽明忽暗，我瞥到了她左耳耳背有一顆黑痣，兩隻耳朵都有好看的耳珠。費沙約一七二公分高，高度剛好在我下巴以上、鼻子中間的位置，女生來說個子算高但仍然要仰著頭跟我說話。

今晚她在我耳邊說了一些奇怪的話，我不肯定她是否故意要透露，但我肯定她已有醉意。她的話令我有少許失落，因為她可能有隱藏的秘密。費沙也沒有特別等待我的答案，說完逕自跟別人一起跳舞，但她步履不穩，我一直在旁邊守護著，反正她剛才的話已教我清醒。直到凌晨四點零七分，我拉著她離開已是我們第三間的disco pub。

「你住在哪？」我問。

「噢，我住在堅尼地道。」

費沙住地方原來是高級的住宅區。

我送她回家，但被婉拒：「我有開車，車子泊在上環。」

「我不想你一個人半醉下開車走，也是犯法的。」

費沙莞爾一笑：「你竟然那麼關心我。」

「快回家吧。」

Taxi把我們先送到費沙的家。我看著她慢慢的步向大廈的鐵閘，內心跟她說再見。我不時回望她，直至她的背影完全沒入了大廈裡，她都沒有再回望過我。回到家，她也沒有跟我SMS。今晚的費沙果然有點不一樣。

＊＊＊

費沙是業餘的單簧管演奏者，聽賞她跟管弦樂隊的演練已成為我的節目。有時知道我來，有時候不知道。她提起了樂器就變得格外專注，很沉鬱。演奏廳，曲目，燈火，座椅。每一樣外表看來毫不關連的事物，開始構成了對我有意義的空間。從最初為敷衍她而來，直到後來，我渴望看到的不只是演奏過程，還要等到表演完之後捕捉她每個一瞬即逝的複雜的表情。她有一雙憂鬱的眼。她的憂鬱從哪裡來？從費沙的愁思裡，我感受到她有無窮無盡的秘密。

＊＊＊

不知從哪一天開始，費沙對我變得好像冷淡了，偶然仍有給我SMS問候，但都只是一兩句。我有時回覆她，主動問候她。訊息傳送後顯示的是兩個該死的藍色剔，卻不再回應我。有一次我按耐不住了，打電話給她：「為什麼一直不找我？」這竟是我的開場白。我竟然這麼直率無禮！

費沙也不是省油的燈：「那你為什麼到現在才打給我？還一打來就罵人？」

「你怎麼了？心情不好嗎？」

「像你一樣，心情不好。」

「我相信我心情的不好跟你的不一樣。」

「我近來工作很忙，也有點煩。」

「自己？還是工作上？」平時開朗的她，遇上了煩惱只會選擇在某處匿藏。

「兩樣都不是，是家人的。我要專心協助家人解決。」

「我可以幫忙嗎？」我脫口而出。

余愛非沒有再回話。靜止的空氣哪怕只有幾秒也是相當的漫長。

「Avery？還在嗎？」

「我媽媽遇上了交通意外，昏迷了三個禮拜還是沒有醒來，但她的店子不能再關門大吉的了，是時候要決定賣給別人還是找個人幫忙下去。我便是要煩這些。」

「現在我有什麼可以幫上忙的？」

「嗯？你這是……想念我嗎？怎忽地變得那麼關心我了？」

「我一向都關心你，我只是……不喜歡講太多話。」

「我就是渴望你跟我多說話，不要那麼沉默。我一直以為是我講太多了，有時可能不著邊際的，令你的耳朵活受罪，寧願跟我sms也不要見面。」

「所以發生了這麼大件事也不告訴我了?不聯繫我了?」

「樂,我不是說過我在煩嗎?」

「你聽好了,有什麼困難我都願意幫你。」

可惜之後的日子,她都沒有再打電話給我。我擔心她,這天直接在下班後走到中環伊利近街。黃昏的時份,縱使已有街燈的光線灑落於街上,但怪只怪天氣太陰沉了,夕陽老早不知所蹤,我發覺街上沒有一個人是步履輕盈的。

終於走到了她的貝糕店,店門關上了,但內裡透出了燈火。我走近把門推,根本沒鎖上,店裡又沒有人,我不敢直接走進去,縱使我知道應該是有人先前來過了,卻忘記了鎖上或稍後會折返之類。我下意識地退回到街上,本想給費沙打個電話,忽然有人在我頭上呼叫我的名字!

(三)

是費沙在二樓!是她喊叫我的名字:「你怎麼來了?上來吧。」

我走進她的店子裡踏上那隱藏於收銀處的樓梯,逕自衝上去二樓的閣樓,那兒跟地下那層差不多大，佔了一半的面積都用來擺放雜物和乾貨。

我走到閣樓的小門，看到費沙只開了一盞座地燈，我只能靠微弱的光線來確定她就坐在窗邊。她回頭看著我，流露出似笑非笑的表情。閣樓像充斥著一股濃烈的神秘感，這神秘的氛圍牢牢地圍繞著費沙，我一直站在門邊，不敢走進去。

「為什麼一個人在閣樓發呆？」我在門外問。

「我來了你又來，大家心靈相通嗎。」

費沙消瘦了，說話時眉頭緊皺著。頭髮雖然是束著的，卻有散落的亂髮，樣子看來毫不振作。

她似乎剛哭過。我慢慢走近，費沙只看了我一眼，又別過臉。

「為什麼避開我？」

「你不請自來，這使我有點意外。」

我不自覺地把雙手放在她肩膀上，想給她一些支持。她回望我：「我最近忙著把媽媽這家店子賣出去。」

「找到人了嗎？」

「是有人問價的，但態度都不是很有誠意，大多是在壓價。」

世事往往是這樣，錢不入急門。況且，雪上加霜的人總比雪中送炭的多。費沙的家境並不如想像中的富裕。而她母親很早的時候便跟她爸爸離婚，費沙跟我一樣，都來自單親家庭。

我告訴她：「有什麼地方可讓我幫忙嗎？」

「我都OK，你不用擔心。」她有點哽咽。

「費沙，我們不止是吃喝玩樂的朋友。」

她擁抱著我。

「我、知、道。」她哭了。我抱緊她，讓她盡情啜泣。

「我很……很擔心媽。」

我當然明白。

「店子的事，讓我幫忙好嗎？」

「真的嗎？」

「我替你都找找朋友看？」她看著我，漸漸地相信我。

也許我更加想盡快結束她的不開心吧？我比她更在意找人看店子。許久許久都沒有再那麼著力的去為一個人完成一件事。每一天，只要下班只要休假，我會很努力地找新知舊雨宣傳中環有這家精緻的店子要出讓。哪管是親的是疏的還是泛泛之輩，我都死纏不休地問。

結果店子還是給某同事的太太買下來了，只因她的出價比很多在價錢上爭論不休的鬼佬鬼婆還要高一倍。費沙沒有堅持，因為事情的焦點已不是有誰人出價最高，而是她的母親有甦醒迹象，她忙於照料，更需要套現。在這期間，我一直陪伴她。替她找買主，協助她把店子轉手，只要不用當值便跟她去醫院探望。我有種欲望，我想透過「幫忙她」，令費沙重新注視我。

結果，我的估計沒錯，她近來看著我的眼神回復了神采。

「現在問題都解決了，不是嗎？可能你過往的經歷太順了，我媽媽一早便死了。」我說。

「這我知道，是一場意外呀。」

「Huh?」我蠻肯定從沒告訴過她。

費沙卻趁機吻我的臉。

「這是什麼意思?」我故作緊張地問。

「這一吻是慶祝我們認識一周年。」

「是嗎?你有記住?」

她笑意盎然:「有呀。一直不是我在意你多一點嗎?要不是媽的事,我可能對你會更加熱情。」

「對不起,我本來便是一個很悶的男人。」

她沒回答我,只管緊緊地抱著我。我抱著她的頭,是朋友是情人知己式?我搞不懂。

柏拉圖說過,每個人窮一生精力也在尋找他的另一半。我們原本是被上天劈去一半身體因而殘缺的人。我早已是不完整的人,費沙也是不完整的人。也許我們在一起才會完整。問題是,我仍然不太確定自己是否已愛上了她。

別人的，大多先來一場的如夏日般熾熱的愛，就像我和前度。我對費沙，卻不由自主地築起一道牆，我不想讓她那麼輕易地觸碰到我的內心。矛盾的是，我非常珍惜她。一天一天的累積了不少對她的在意。譬如我為她買了車：

「由現在開始，只要你有需要，可找我當御用司機。」

她盯著我，眼神卻帶點恍惚：「其實你在山頂坐上我的車之前，我老早見過你。」

「我知道，是餐廳。不是嗎？」

「不。」

「嗯？」

「是在街上。有一天，我開的車在交燈前停下，才發覺附近的屋邨發生大火。當時路邊很多人，也有很多消防員，我看到你跟同僚倚在救火車旁洗臉。你一臉汗水，眼睛也熱得瞇起來了，又在路邊把帽子和外套都脫下。我覺得你在那一堆男人中很出眾，覺得那時候的你，才是真實的你，而且，我三番四次碰到你，不是緣份嗎？」

「如果是最近的話，那是北角電氣道的大火……」

「嗯，都應該近兩年前了。」

我還是要確認：「原來你在餐廳看到我的時候老早見過我。」

「當時你在cafe等一個人，當時很生氣，有點急燥，在狼吞虎嚥。」

「嗯，是女友爽約，自己唯有一個人吃。」

之後，我再特意向費沙澄清：「我和女朋友已經分開了。」

「但你還是……沒有完全地放下她，是嗎？她，值得等嗎？」

「我沒有說過要等。」

「你還沒準備好，對吧？」

「準備好什麼？」我故意問她，這次到她沉默。

我知道她的意思是，她想問我，是否準備好迎接另一段感情。

＝＝＝＝＝＝＝＝＝＝＝＝＝＝＝＝＝＝＝＝

音樂：《竇唯：Darling's Phone》

＝＝＝＝＝＝＝＝＝＝＝＝＝＝＝＝＝＝＝＝

（四）

有一晚的凌晨一點零七分，我收到了費沙的訊息：「現在有空嗎？」

「還沒有下班，不方便講話。」

「不是講話，我在外頭等你。」

我步出消防局的大鐵門外，費沙早已經把車子泊在路邊，人卻倚在欄杆等我。

「為什麼在凌晨時份一個人在街上等我？」

我沒講完，費沙把我推到牆上。

很明顯，一七二公分的她想向一八一公分的我壁咚！

我當時真的有點嚇倒：「你想做什麼？」

「我最近不斷在製作蛋糕，終於成功了，今晚還為你帶來牛奶蛋糕，給你當夜宵。」

「很對不起，我腸胃敏感，不能吃、喝任何奶類食品！況且，雖然我沒穿制服，不過技術上我在值班。」

費沙繼續kabe don的姿勢：「可否回答我三個問題？只要你一一坦白，我很快就離開。」

我跟她的眼睛只剩下不超越5公分的距離：「放馬過來，我知無不言。」

「你是喜歡異性的吧？」

「是。」

「現在有女朋友嗎？」

「沒有。」

她又靠近了一點：「對我有好感嗎？」

「有。」

「願意跟我交往嗎？」

我凝視著她好久，說實在的，我愛死她壁咚的帥氣。

「嗯？還在猶疑什麼Ken Yeung？」

失望的她退後了兩步，是我把她一手拉回來，輪到我壁咚她：「這條是第四條問題。你不是說只問三條嗎？」

她忍不住笑了。我借機吻了她一下嘴，而我也沒有讓這一吻輕易結束。我們相守的「友達以上・戀人未滿」的防線終被攻破。

＊＊＊

我們正式開始了戀人關係。可惜，關係踏實了確認了，我也「回」到冷靜的模式。我對她是不公平的。費沙這個人，一面就是沉思專注，另一面就是大咧咧，是不容有中間位置的人。她高興的時候，總是說話快，走路快，反應快。她傷心的時候，從不掩飾，躲在一角哭，哭過痛快。

我，思想慢，說話慢，走路慢。開心傷心的滋味也只在內心消化。我害怕自己的感性向別人呈現。我不想任何人知道我內心在想些什麼。費沙常取笑我是一種叫Stoic門派的人。這類人清心寡慾，面對痛楚不會哀愁，面對快樂不會狂喜。但我倒覺得我不太像這類哲人。費沙不了解我。

「我了解你。譬如……我知道你喜歡雪的原因。」

「告訴我吧。」

「我相信在你的潛意識裡可能記載了前世曾經在寒冷的地方待過。也有很能你曾經被人拋棄，你對白雪產生了情感上的依戀……這一世，你渴望把自己埋在白雪堆裡，靜待愛人經過，然後伸手把她拉到雪堆裡……」

除了前段似是而非的潛意識論，費沙所說的下半段倒還嚇了我一跳，因為她猜中了我最渴望的畫面。為什麼她會知道？

在跟費沙一起後，我經常夢到一個畫面，都是醒來後仍然想起的白色的畫面。在夢中，眼前有一個人受了傷，在一個被白雪覆蓋類似草屋內的空間接受治療，他一直在看著我。但我是誰呢？

***

我沒有向費沙再透露我的怪夢。我和她之間的相處很安靜，總是費沙努力地掀動我的情緒。她喜歡在陽光把屋子照得一室明媚溫暖的午後，播放《如果沒有你》，然後牽著我的手一起跳舞。

「為什麼你都不愛說話？只看著我？」她問。

「我們在跳舞。」

「除了跳舞外，你都能多說說話嗎？」

「你不是都接受了我這個人悶嗎？我對你專一，還不足夠嗎？」

「女人要愛人的擁抱和甜言蜜語。」

我們停下了舞步。很明顯，她醞釀著不好的情緒。我甩開了她的手：「我喜歡沉默。喜歡生活裡沒噪音。我安靜，不代表我不重視你。」

「樂，可以破例跟我說三字嗎？」

我知道她想要的那三個字。原來費沙根本和其他女人沒分別，我始終不肯說。之後我們不歡而散，曾經有幾個禮拜沒有見面。

當你愛上一個人的時候，你永遠沒法「得知」對方也是否愛你。我們只能選擇「相信」。過往，我抱著這種患得患失的心態去愛人。現在，我變得對「愛情是否存在」充滿焦慮，我不再相信眼睛和耳朵。我索性想透過改變一個人的行為和想法去證明愛的存在。

所以，我做了一個自私無比的實驗：就算多掛念她都堅持不會給她打個示好的電話。我一路忍耐著，結果是她先投降：「我想你。」

但收到她的電話後，我一點都不快樂，因為就算『證明』她更在乎我，其實在等到她的來電前，我每天也過得忐忑不安。

＊＊＊

費沙的母親正準備回去貝爾法斯特生活，她向我建議同居的想法。

我喜歡這個提議，因為我心裡愛著她。不過，她的提議也使我猶豫。我仍然沒法跟她剖白我是一個需要使用情緒機的人。雖然我已經再沒有過度地依賴它。但我沒法跟愛人坦承，我曾經需要一部生化機器跟我的身體連接。而且，直至現在我仍然把它放在背囊裡，唯恐我失去了支配情緒的能力。

如果跟費沙同住，我害怕終有一天，這部微型的機器還是會給發現。她必定會嚇呆了。她必定會對我這可憐蟲失望透頂。我高不可攀的形象將會瓦解。它的體積雖小，但只要是存在著的物件，任何人都不能視而不見。

這晚，我在她家過夜。她從後擁著我。溫暖的雙手正在輕柔地撫摸著我的胸膛，我捉緊了她的手：「跟一個沉悶的男人同住，不怕後悔嗎？」

「為什麼要後悔？」

為了跟她一起生活，我鼓起勇氣把情緒機丟到老家睡房的最底層最幽暗的抽屜。它正式被打入冷宮。我們花了一個多月的時間物色新居，至於室內設計、擺設什麼的，我都聽她。反正她喜歡白色，我也喜歡白色。她有問我意見，我認真的跟她說：「我要我們的家有足夠的光。」

費沙說：「我就是你的光。」

既然同意被軟禁於她的城堡裡，也換來了她對我更加千依百順。為了我，費沙幾乎不見朋友，因為她要爭取時間去菜市場，然後回家弄晚餐。為了遷就我，她把廚櫃上辛辣的調味料統統棄掉，煮清淡的菜式。我要愛慕我的女人外表看來更溫婉，於是費沙把頭髮留得更長以便梳成嫵媚的髻。

我和她確實共同擁有了一個安樂窩。不僅是住的那家，還有內心的那間。只要費沙出現，這房間的燈火便會亮著。燈火，曾經一天比一天地光亮也經歷過一天比一天暗淡，但畢竟從沒有熄滅。我不安的時候，它比前更亮。我平靜的時候，它的光度變得平穩。只要是費沙走到跟前，那怕只是晃過，我房子的光迅即亮起來。

不過費沙經常在半夜發夢囈：「其實我不想離開，但我不能留下……」她總是在夢裡輕輕地說出這些話。費沙說了很多次「必須讓我走」，這是為什麼？

「你晚上又在夢中說話。」

費沙臉紅了：「是嗎？很對不起。」

「『但我不能留下來』是什麼意思？」

「什麼？我說了嗎？那是一個經常發的夢。我在夢裡被某人牽著手，但我總是心情沉重，堅持要走，也不知道要去什麼地方，還強忍著不回頭看他……面前有一望無際的雪地……」

「是什麼時候有這個夢？」

「大概十幾年前。」

「你害怕雪，是不是跟這個夢有關？」

「我不知道。不要再說了好嗎？」

「對不起。」

她又問：「我發夢囈的時候都很吵的嗎？」

「不是。」

「你平時都不留意我，只有我在發夢囈才注意我？」

「不是的，為什麼要這樣說？」

「沒事的，沒事，只隨便問問。」

費沙看到我板著臉，竟放棄了跟我剖白。這兩年多同居的日子，她在個性上起了變化。為保持相安無事的關係，「沒事的」成為了她安撫我也安慰自己的口頭禪。以前她比我坦白，喜歡的便說出來。現在，她變得內斂。近來我已很久很久沒有聽過她開懷大笑。

在交往的初期，費沙多麼渴望我的擁抱。她說過讓她躲在我的懷裡，會覺得幸福。但我愛用精神折磨的方式來傷害她。竟認為「把女朋友抱入懷裡」是一種由我賦予對方的福利。我支配，她享受，我不支配，她要等待。跟費沙一起的日子我人格分裂了，不知不覺間，我在理性與感性之間迷失了，我內心像有許多不同的鬼強迫我要透過「糟塌她的愛」來懲罰自己。

我們的關係又豈能可用簡單的字來形容？我們的關係纏綿，疏離。甜美，痛苦。快樂，哀愁。要到什麼時候才不用在兩極之間徘徊？是直至某一個晚上，我確認自己極度的在乎她所在乎的。從夢中醒來，她不在我的身邊。我想起她要上通宵班。我把臉埋入她的枕頭，枕頭上有她的髮絲，更充斥她頭髮餘下的茉莉花香氣。

我內心有種抽搐的感應。這是不是愛一個人最原始的憑證？我決定每當自己有這一下反應，便為她種一盤茉莉花。我去買種子，卻被小販取笑我三分鐘熱度。他愈嘲笑，我愈認真。現在是早夏，是茉莉花盛開的季節。起初種得不好。我去問人，做資料搜查，虛心地學習栽種、施肥的訣竅。費沙問我為什麼要種起花來？我沒有坦白，只推說這是個新玩意兒。

很快很快，我覺得這坦承自己愛的方法並不妥善，因為我們的陽台已經不夠擺放——

我原先跟自己的約定是：每當內心又來一次抽搐便種一盆，豈料，不知不覺間我已經種了十一盤。我是有種想法，渴望她有一天會看穿這份心意。這種蠻算是壯觀的畫面。愛情的存在被一棵又一棵的茉莉花具體地勾勒起來，勝過千言萬語。

直到這一天。就是這一天，我們平靜的生活有了暗湧——

我看到她車子裡有別的人，他還跟費沙耳語。

（五）

為什麼她的車子裡有別的男人？為什麼她跟那個他還親密地互動著？為什我變得那麼地大男人、自私、小器和過份緊張？我不是一直戀上「被一個人熱情地愛著」的感覺嗎？

「在你的車子的那男人是誰？」這晚，終於等到她回家，我開門見山，不要轉彎抹角。

「噢，你……看到我的車子裡……有男人？」費沙流露了詫異神色。

「他是誰？」

「同事。你是怎麼了？為什麼要用質問的語氣？」

「是同事便可以了。」

我心情矛盾，既想她知道自己在乎，又不想被揭破。

「拜託，難道載一下同事也不行嗎？你變得好敏感。」費沙的語氣帶點不忿。無論如何，我認定她有所隱瞞。她走開去，獨自地拿著衣服準備洗澡。

我躺在床上。未幾，我聽到費沙在浴室裡哭起來。我感到相當挫敗，因為我根本問不到真相，還傷害了她。我想等她出來，但費沙卻在客廳的沙發上坐了下來。我從門邊偷看她，看到她的表情在電視光芒的折射下顯得格外的蒼白。我想走去安慰她，但她像看到了我，就急忙拿了茶几下的laptop，打開它，開始做一些作業。我沒有打擾她，縱使也有可能她是在假裝著。該死的！就只差那一步，要是當時堅持走出去跟她聊一下，以後我跟她之間的事，有可能會完全改寫……

第二天，醒來後，發現費沙應該在很早的時份已離開了家，甚至一整夜都沒回過睡房。

＊＊＊

以前，我認定女友不曾有任何會離開我的想法。現在，我發現她的內心竟沒有『永遠』這回事。

「永遠有多遠？」費沙問過我。

我似懂非懂：「直到死亡之後吧？」

「難道你沒有思考過，世上沒有人有死亡的體驗嗎？因為他經歷了死亡後，是真正的死人，根本不能再跟任何人分享！」

「如果死的時候，有自己所愛的人陪伴，也可以算是永遠的愛吧？」我總覺得她很奇怪，明明想討論永恒的愛情，卻扯到「死亡」這議題。

「但那也只是接近死亡，不是真正的死亡。人死後，從沒有人會知道那是怎樣的經歷。而且，再相愛的兩個人，也必定要各自經歷自己的死亡，所以呢，『永恒的愛』如何能成立？」

我似乎重複著自己的意思：「永恒的愛可以理解為一個人死後，在世的伴侶還是長久地深愛他。這份情不受時間限制，仍然深深地影響著在世的人……是吧？」

費沙幽幽地說：「就算是思念，也應有個限期。有時一生的思念只不過是一種令自己活得高貴的籍口。有時真實的感覺根本很殘忍，更不要說，某些真相也是非常殘酷的。人愈大，愈想活在當下。如果面對不開心，就跳過去吧，何苦還纏擾著？」

我無法再回應她，很明顯費沙偉論的背後是要剖白她對這份愛情的感受。我將沒法擁有她的未來，是不是？我不曉得她有沒有看出我當時的難受。既然那麼在乎，為什麼不抓緊機會問：

「你不願意跟我永遠在一起？」

也許，我承受不了她會說出令我更難受的答案，所以沒有問。我就是這種該死的窩囊廢。

＊＊＊

這天，我們坐在咖啡室裡，她拿起了一本結婚雜誌在看，很專心的看。

「我朋友要結婚了。」她抬頭跟我說。

「哪一位？」

她微微笑：「是個男的。」

「男的？是那個追了你很多年都失敗的小子M？」

「嗯。後悔當初沒接受他。」

「為什麼後悔？」

「是真的。」費沙這次沒有再小聲的說「沒事的、沒事的」了，她認真的說：「M對女朋友千依百順。有一次我跟他們兩個人吃飯，我羨慕死他們溫馨的舉止。他們之間的經歷我也是略知一二的。」

「原來他有跟你分享感情的事？」費沙對M的評語使我疑惑。

「第一次看到你為了我皺眉頭。」費沙嘴角微掀，同時間，她把書關起來。也許不想望向我，逕自攪拌面前的拿鐵。

我捉著她的手：「你怎麼了？你近來為什麼都心神恍惚？」

「朋友結婚，我替他高興而已。」費沙冷冷地說。

「就只有這麼多？都不想跟我說？」

「有什麼好說？我們不是好好的嗎？」費沙說。

「我們去看一場戲？」

「算了吧，現在已經是下午四點了。每一次都是我在線上訂購，我們才有得看。」

「這次讓我臨場買好嗎？」

「看什麼戲？」

「你決定？」

「我慣了讓你決定。我慣了讓你看你喜歡看的電影。」

「你喜歡看什麼電影？」

「三年了，你都不知道我喜歡看什麼？」

「我知道，是懸疑片。」

「原來你還是知道的。」她低聲的說。唉，原來她以為我一直都不關注她？不是她有盲點，是我太冷酷了，我竟沒法融化她的心。

在戲院內，我沒專心看戲，我捉緊費沙的手。她的手冷冰冰的，還一動不動。晚飯時，我們沒有交談。我一直在看她，有很多話想說，她卻避開我的目光。在她坐在床上的時候，我坐到她後面，用手輕按著她的肩替她按摩。

「舒服嗎？」我問。

「嗯。你在那兒學的？」

「這只是很簡單的按摩，力度平均的話，效果比那些香薰油還要好。」

「你還是第一次替我按摩。」

「不，你都忘了我曾替你這樣做。你不是說過你小腿總會抽筋，我替你按摩嗎？」

「噢，記起來了，那應該有一次在BAGEL店吧？是我們初相識的時候，還是我主動要求的。」費沙說著說著，很快便睡去了，可惜臉上經常掛著的微笑已消失了。

＊＊＊

近來下班，我總是提早回家等候費沙，但夜深了她才回來，像今晚，一直等她也一直替她修理浴室的水喉，檢查客廳的空調之類，她晚上十一點回來後卻一眼都沒看過我。

之後我經過了睡房，在門邊看著她在床上打電腦。我後悔沒重用情緒機。如要減低焦躁不安，我應該要把情緒預設為「愉悅」（＋4）。

「你都不進來？」

我突然被費沙的話打斷了思路。我慢慢走近她，坐到她身旁。她把電腦關了。半晌，問：「你——愛——我——嗎？」

以前她問我，我總覺得很煩。但她這次問，我半點不敢怠慢，我思考著應如何答得更得體——

「樂，你愛過我嗎？」

我點點頭：「我……」

費沙用熱吻封住了我的嘴吧。除了吻，還吻我的額頭、鼻尖、臉頰，然後再深吻額頭。原來，她明明還是在愛著我。躺在床上，我的臉埋入了她的髮絲裡。

「非非？」我不自覺地小聲的呼叫她。

她沒有睡著，所以我用手輕撫她的背，抱著她的腰，輕吻著她的脖頸。

「你喜歡什麼的女孩？」費沙背著我問。

我不明白她的意思。也因為我愛的人的就只是她。

「你只喜歡會跳舞的女孩？」

「我的確喜歡跳舞的女孩，但已是過去。」

「你明知我不會跳舞。」她說。

「你怎會不懂得跳？以前一播歌，你會牽著我跳舞。以前你的笑容很燦爛，我記得的。」

「樂，為什麼到現在才說這些？」費沙一聲嘆息。

「我不是已經告訴過你N次，我早已忘記了那個人？」

「但每當電視裡有女孩跳芭蕾舞的鏡頭，你總是目不轉睛。」

我明明只依戀芭蕾舞，並不是跳的人，她怎麼都不肯相信？

「C好一點？還是余愛非好一點？」

「你好多了。」我把她抱得更緊。

「Why？」

「因為你懂得照顧我。」

「如果有一天我不能再照顧你，你會捨得我嗎？」

我的心痛了，我想轉個話題：「告訴我你手上的疤痕是什麼時候出現，好嗎？」

「我從沒有受過傷，是胎記吧？」

我問她：「你相信前世嗎？」

「我沒什麼概念，不知道。」

「中國人相信胎記是上世留下的記憶。」

「如果我有上一世，你猜我是什麼人？」

我衝口而出：「應該仍是一個很有學問的人。直覺告訴我：余愛非這可惡的女子還該是個男人。」

費沙笑起來了，很放鬆的樣子。她在盯著我。她當然也知道我的目光沒離開過她，還一直牽著她的手：「Avery，我們重新開始好嗎？」

她沒有回答我，但臉上的笑容也沒有消失過。

之後，大家可能都太累睡著了。醒來，費沙離開了。我內心瀰漫著強烈的不安，馬上打給她：「你在哪裡？」

「我在開車，要去別的地方了。」

「你今天不是補假嗎？為什麼不留下來？我還有很多話要說。」

「樂，其實昨晚我期待的，是你說從──沒──有──愛──過──我。我寧願你說這句話，而不是點點頭，我才離開得更安樂一點。真的。」

我腦裡一遍空白，身體在抖。這就是我們的分手方式？

我再次被遺棄，一整天都感到天旋地轉。她忍心在睡夢中離開我，切斷了任何挽留的機會。

＊＊＊

一個月後，虛脫的感覺還是多麼的強大。這段日子，電話、SMS、facebook message box, WhatsAP, wechat, LINE, snapchat, IG通通成為了我死纏爛打的工具。我發瘋了，我不能接受費沙不再理會我。與過往每段關係的結束方式大相逕庭，我不甘心再陷於自傷自憐之中。

但她非常決絕，索性關上電話，甚至辭職。我回家每天守候著，管理員卻跟我說，他看到混血女孩趁我上班的兩天兩夜裡，回去收拾細軟離開了。費沙告訴他，她要去一個很遠的地方。

既使她跟我相距幾萬公里，我仍然每天思念著她。今天，已是分開了的第四十天。消防車每當經過「愛飛」時我仍然在笑，在回頭看。如果有機會，我會親口說：「愛你已成為了意志，我甚至不曉得這意志會何時終結。」

在我們分開了的第四十七天，我收到了她的電郵。

我知道你在找我。對，我是決心要離開你。你知道為什麼嗎？

（六）

杜斯妥也夫斯基：愛情，就是讓對方擁有折磨我們的權利。

Subject: From Avery "Fisher"

--- On Thu, 4/21/15, avery yu <fisher1923@gmail.com> wrote:

From: avery yu <fisher1923@gmail.com>

To: "Ken, ka lok Yeung" <yeungkl1982@gmail.com>

Date: Thursday, April 21, 2015, 8:57 PM

樂：我知道你在找我。我是決心要離開你的了。你知道為什麼嗎？不是你的問題，是我的問題。我離開你是因為我真的愛上你了。我也知道，你也愛上了我。因此，當真的愛情來了，我要結束。

從一開始，我主動接觸你，只是為了不忿。我的前度愛上了一個舞蹈員。聽說那美麗卻廉價的女孩原本有一位要好的男友，那人就是你。然後這女孩又回到我男友的身邊。你沒有能力留她，也不積極的挽留她，結果，我兩次受到傷害。愛情的本質與其用「殘缺」來形容，用「殘忍」這個詞更貼切。我跟自己設計了一個遊戲，既然她愛上了我的男人，不如我也試一下「搶」她另一個男人吧？以前的我，從不會主動追求人；我根本不用做些什麼，很多人都會花心思來討好我。可惜，C小姐的出現摧毀了我在愛情路上的好運。我花費了這一千零九十五日才感動你，才令你愛我。我跟你說，我老早知道在這荒謬的遊戲裡，我注定是輸家，因為我一早已被你吸引。第一眼看到你，心已被你牽著走⋯你知道我是什麼時候正式愛上你？應該不是任何一個特別的日子，可能是我們剛曖昧後，有時吃甜點時你伸手擦我的嘴邊，而且永遠堅持不讓我走路時靠近路邊⋯⋯

母親昏迷的那段日子，我根本沒辦法好好處理她的病及隨之而來的難題。而在我人生最低潮的時候，竟然有你的關懷。我原本打算專心照顧她而決定疏遠你，結果，你還是跑上閣樓找我，因為你，我重拾對愛情的感覺。可惜，你在意我，卻封閉自己。

家樂，其實我有一個秘密從沒有跟你剖白。我第一次見到你並不是在北角的災場，而是在一次前往尖沙咀的渡輪上。我們下船時，原來你一直坐在我後面，我的手還不小心蹭到你放在椅背上的手，我向你輕聲說sorry，我們有過眼神交流，但不夠半秒你已經急忙的牽著隔壁的小女友C離開。C當時已跟我的男友暗渡陳倉，她是第三者。因為她，我認得你，你就是楊家樂。我好肯定你已忘了這件小事，但這個巧合對我來說意義重大……

第二次才是看到你救完火之後在路邊休息。第三次是半人造緣，這話怎說？你在餐廳苦候C，我路過，看到窗內的你，才故意走進並坐到你隔壁。你演講的那次，是純人造緣，我本來已經走，在門邊看到你，就是故意要進去，坐下來，讓你看到我。在滿佈濃霧的山上看到你，完全是巧合。既然是天意，於是，我堅持要你上車。從你上車的那一刻，我認定遊戲開始了。不管當中是天意還是刻意，既然與你三番四次的遇上，應該是上天允許我在你的身上報復，待你對我有feel之後，我就離開。可惜，我注定輸了，實驗失敗了。我以為傷害你就可以療傷，結果自己的傷口更深。I am so stupid!

杜斯妥也夫斯基有一句說話正好形容我們：「愛情，就是讓對方擁有折磨我們的權利。」

我只是一個依靠情緒機重新尋獲「開心」的人。我知道你有用過。而我的型號比你的更先進，我的是3.0。你不用驚訝，你的事，我比任何人都在意。當我知道你跟我一起的這幾年也沒有用，這令我很感動。只是，縱使我成功地令你愛上我，失敗者，始終是我。

還記得有一次我們坐船去離島玩嗎？在長途船上，你叫我向流星許願，你知道我許了什麼願嗎？我的願望很殘忍，就是希望自己盡快心死，不再想你。Ken，請聽我說，不要再找我了。再見！

Avery "Fisher"

--- On Thu, 4/21/15, avery yu <fisher1923@gmail.com> wrote:

From: Ken, ka lok Yeung < yeungkl1982@gmail.com >

To: " avery yu " < fisher1923@gmail.com >

Date: Thursday, April 21, 2015, 9:57 PM

Avery：早在我們還沒有開始前，你在酒吧裡已經在我耳邊透露了你的事。請不要跟我再說這些愚蠢話。你這樣的不顧而去，對我很cruel。我有很多很多話想跟你說清楚。你不能單方面宣告無效。

你不是說過：你會對我窮追不捨？我記得，是你曾經對我說過的。求求你，讓我們好好談一下？

一如所料，費沙沒有再回應。我依稀記起了與她在渡輪上那幾秒的相遇。難怪我一直認為我們應該在餐廳前遇過。那次我們的手指互相觸踫到，我雖然還沒有觸電的感覺，但我有……偷看過她。

＊＊＊

兩個月後，我仍被邀參加費沙最好的朋友Y的婚禮。我當然出席，就是為了要踫她。結果，她在我的眼前出現。

「你好嗎？」她主動問候我，但表情卻是多麼的不自然。

「你好嗎？」我竭力地用平和的語氣問候費沙。她今天明艷照人，穿上一襲淺藍色配灰白色碎花圖案的束腰長裙子。純粹從外表看，她多麼的不像失戀。

「你很憔悴。」

我苦笑：「多虧你一直不肯見我。」

「樂，這裡不是合適的地方。」

「哪裡才合適？」

「我不是已經跟你在電郵裡都……說了……？」

她眼裡有憂傷，我拉著她的手：「你沒有看過我的回覆嗎？」

她輕輕甩開：「你就當是我錯，好嗎？」

我告訴她：「我才不在乎誰對誰錯。」

費沙看著我的眼神很複雜，但我知道她在想什麼。她應該在驚訝著我改變了許多。這個時候，我想不理任何人，吻她至少一分鐘。

「樂，我們算了吧？這本來就是一場遊戲。完了，我應該離開。我那麼的卑鄙，我值得嗎？從一開始，我是帶有動機的。我們還在糾纏不清這是幹什麼？」費沙哽咽了。

「不如我們冷靜一下？」

費沙抿抿嘴，淚水卻在眼眶內流轉：「在這段關係裡，你一直都很冷靜地對待我。三年了，我們都那麼冷靜，還需要冷靜期嗎？」

我難堪，也很懊悔，懊悔這幾年都沒好好愛護她。

「Avery，我的方式錯了。我不曉得如何表達情感。但我始終沒有生氣過。我真的，老早都知道的了。你接近我，我接近你，什麼理由都好，假如世界明天要停頓，這通通都不再重要。重要的是我對你的感覺。也因為你，我戒了用情緒機。」

「你不覺得我很卑劣嗎？還有，你怎麼會……一早就知道了？還裝作不知道你這是為了什麼？」

「費沙，是你一直在辜負我。」我忽然吐出了這句話！

「我跟你說，感情是有期限的。有人愛三十年，有人愛四個月。」

「我的愛情沒設期限。」我再強調。

「我們好來好去，行嗎？」

未幾，她輕甩開我的手，轉身走了。她一直都沒有再回望我。

＊＊＊

我和費沙的故事要怎樣延續下去？我們已不是情人，以後為了可以繼續見面，我不能再用曖昧的目光凝視她。我刻意地以好友的身份跟她保持距離，才可以親近她。半年過去，她才肯出來見我，關係才開始回暖。之後她主動開口需要我幫忙些什麼，我都會答應，哪管是陪她一起在任何地方當志工還是幫忙打點長輩們的喪禮……

最近趁費沙生日，開車載她去一處海邊的餐室吃飯，店子在西環四十七號街。我們一起看餐牌，就像以前般互動著。我們不談工作，不探索彼此的感情狀況。要離開餐室時，我輕抓著她的手肘問：「要趕著回家嗎？」

她可愛的搖搖頭。之後，我牽著她隨處走，走到四周都沒有了人。剛巧經過了伊利近街七號、許多年前她媽媽經營比高店的舊址。我們一起仰視著以前的閣樓，相視而笑，因為，地方已變改了，但透出的燈火仍然一樣。趁她不在意，我把她從後擁抱著——

我曾有過三四秒時間怕她甩開我。我凝住了呼吸，等著、試探著，看我們彼此回暖了多少——

太好了！她沒抗拒，還抱著我的手臂問：「你在幹嘛？」

「有沒有預期我送什麼禮物給你？」

她笑說：「千萬不要說是你，我不要。」

「那你的生日願望是什麼？」

「盡快找個伴。」

「I am available！」我張開雙臂，也是豁出去了。

她假裝淡淡然：「你不是已經有了新目標嗎？」

果然，我們還是忍不住彼此試探著。

「你說誰？為什麼連我也不知道？」

「那個在微博裡很『關注』你又常常跟你打情罵俏的K。」

我趁機壁咚她：「我沒有跟她打情罵俏，況且我在微博裡只『關注』你。」

豈料費沙很認真的說：「我們順其自然吧？將來的事我不知道。」

「這段時間，我們一向夠順其自然的了。」我了解她，她心裡始終很亂，但應該還是有部分留給我。但我的心一直在跳，為什麼？面對著那麼熟悉的她，心裡面還是覺得她有少許的……陌生。

「我會去北京進修中醫，這樣，可順道思考我的未來。」

「你要走？去北京？」我好失望，失望到極點！上一秒對她還是有些期許的。

「不知道是什麼時候開始，我覺得北京這地方是我潛意識的部分。」

「有需要嗎？北京有可能只是你其中一處前世經歷過的地方。假如你發現杭州、南京甚至美國都在潛意識裡，難道你要環遊全世界？」

「樂，不要生氣好嗎？」

「我要怎樣說服你，你才不去？」

「我會回來呀！雖然……是需要一段時間……」

我是有點氣，此刻背著她，因為不想讓她覷到我眼眶紅了。

「樂，還記你以前常問我右手的疤痕嗎？跟你分手的時候，我很痛苦，做了一次催眠治療。他帶領我回到了某一次的前世，那次催眠使我至今還是那麼害怕，因為那個所謂代表著前世的畫面根本便是我經常發的夢：我躺在雪地上，寒風凜冽，右手該是有嚴重的傷……我聽到一把聲音說：跟我回去，不用怕，不要逃……」

費沙對夢境詳細的描述使我感到不寒而慄。她這一闋夢，我竟然不覺得陌生。白茫茫的一遍雪地，不也是我夢到的畫面嗎？

她續說：「在夢裡，當我在雪地獨行的時候，心裡只有這句話：我不想離開你。」

「對，你曾經說夢話，說你根本不想離開……我。」

費沙芫爾：「我們在上一世應該認識的。」

「嗯，人們經常說今世做家人做夫妻什麼的，前世都必定有關連。」

「樂，我重看日記，發覺在我們相處的日子裡，四和七這兩個數字不斷出現。譬如你的車牌，我們今晚去的餐廳，我們住的街號，還有其它，都關四和七的事。這重複的巧合，應該不是巧合。」

我才不在乎四十七號、七十四秒還是四百四十七天。我的快樂源於余愛非。那種單單純純『只愛此人』的感覺給予我存活的意義。

「你要是走，我陪你去。你聽明白了嗎？」

費沙說：「我們分手剛過一年了。」

「也許，我們現在才開始。」

「你相信前世今生嗎？」她問我。

「重要嗎？」

「重要。我要找出原因，為什麼仍糾纏於前世的回憶裡。」

我有點感悟：「其實，你要尋找的答案已在眼前。」

費沙雙眼擒住了淚水，她聽懂了我的意思？

「非非，還記得以前有個小說講的就是兩個人一路徘徊在所謂的過去、現在還是未來？他們的瓜葛沒完沒了，全因為他們沒辦法認得眼前的人。」

「樂，潛意識可能是我們把握未來幸福的鑰匙……」

「不如我問你一個問題：假如你只能跟一個人共渡世界末日的最後一分鐘，那個人是誰？」

「你在……迫我表態？」她寧願苦笑也不回答我。

「我再問你，生命中的最後一分鐘，你要跟誰過？」

「我……」

「我知道你會給我兩個答案。一、坦承那個人就是我；二、你會說你不想說不知道。你根本不想面對自己更不想面對我。」

「我不是不想面對你，只是，我仍需要時間處理內心的恐懼。」

「Avery，我真的從沒有那麼愛一個人。」

「嗯，我懂你。」

「我的愛不僅是過去的，還是現在進行式。」

費沙笑著說：「那麼長久地愛一個人，你不累？」

「不累。我還很想跟你一起去你想去的任何地方，當然，這要看你的意願。」

費沙凝視著我，沒有回話。之後，她用雙手緊緊的抱著我，感覺彷如從前。我們擁抱時，我的下巴會頂著她的頭，會有一種很幸福的感覺。現在，她就在我的胸懷裡。就算她仍堅持不就彼此的關係表態，我也不強迫她，只渴望這一刻永遠的凝住，所謂的時間不復存在。我和余愛非之間的關係，是一條直線，也是一個圓圈，沒起點，沒終點。

國家圖書館出版品預行編目資料

KARMA卡瑪與糾纏/ 劉火火 著
--初版-- 臺北市：博客思出版事業網：2019.05
ISBN：978-957-9267-14-4 (平裝)

857.7　　　108003861

現代輕小說 11

KARMA卡瑪與糾纏

作　　者：劉火火
編　　輯：楊容容、張加君
美　　編：塗宇樵
封面設計：塗宇樵
出 版 者：博客思出版事業網
發　　行：博客思出版事業網
地　　址：臺北市中正區重慶南路1段121號8樓之14
電　　話：（02）2331-1675 或（02）2311-1691
傳　　真：（02）2832-6225
E—MAIL：books5w@gmail.com或books5w@yahoo.com.tw
網路書店：http://bookstv.com.tw/
https://www.pcstore.com.tw/yesbooks/
博客來網路書店、博客思網路書店、
三民書局、金石堂書店
總 經 銷：聯合發行股份有限公司
電　　話：（02）2917-8022　傳 真：（02）2915-7212
劃撥戶名：蘭臺出版社　帳號：18995335
香港代理：香港聯合零售有限公司
地　　址：香港新界大蒲汀麗路３６號中華商務印刷大樓
C&C Building, ３６,Ting, Lai, Road, Tai,Po, New,Territories
電　　話：（852）2150-2100　傳真：（852）2356-0735
經 銷 商：廈門外圖集團有限公司
地　　址：廈門市湖里區悅華路８號４樓
電　　話：86-592-2230177　傳 真：86-592-5365089
出版日期：2019年05月 初版
定　　價：新臺幣280元整（平裝）
I S B N ：978-957-9267-14-4